读琦君的文章,会很容易地进入琦君那个和乐敦厚的东方世界。

——隐地(台湾尔雅文化创始人)

烟愁
Yan Chou

琦君 著
QIJUN WORKS

化学工业出版社

·北京·

原版书名：《烟愁》 作者：琦君
ISBN 978-957-9159-13-5

本书中文简体版权由权利人经悦读名品文化传媒（北京）有限公司授权化学工业出版社独家出版发行。

未经许可，不得以任何方式复制或抄袭本书的任何部分，违者必究。

北京市版权局著作权合同登记号：01-2016-7158

图书在版编目（CIP）数据

烟愁/琦君著. —北京：化学工业出版社，2017.1（2025.1重印）

ISBN 978-7-122-27825-8

Ⅰ.①烟… Ⅱ.①琦… Ⅲ.①散文集-中国-当代 Ⅳ.①I267

中国版本图书馆CIP数据核字（2016）第187412号

责任编辑：笪许燕 赵 瑜　　　　装帧设计：弘果文化传媒
责任校对：战河红

出版发行：化学工业出版社（北京市东城区青年湖南街13号　邮政编码100011）
印　　装：涿州市般润文化传播有限公司
880mm×1230mm　1/32　印张6½　字数111千字　2025年1月北京第1版第11次印刷

购书咨询：010-64518888　　　　　　　售后服务：010-64518899
网　　址：http://www.cip.com.cn
凡购买本书，如有缺损质量问题，本社销售中心负责调换。

定　　价：32.00元　　　　　　　　　　　　　　　版权所有　违者必究

目录

01 - 启蒙师 / 001

02 - 云居书屋 / 010

03 - 杨 梅 / 017

04 - 喜 宴 / 023

05 - 金盒子 / 030

06 - 酒 杯 / 036

07 - 鲜牛奶的故事 / 040

08 - 毛 衣 / 046

09 - 晒晒暖 / 055

10 - 烟 愁 / 059

11 - 瓯 柑 / 065

12 - 一生一代一双人 / 069

13 - 阿荣伯伯 / 073

14 - 三划阿王 / 082

15 - 月光饼 / 094

16 - 孩儿经 / 097

17 - 红花灯 / 101

18 - 风 筝 / 105

19 - 何时归看浙江潮 / 110

20 - 倒 账 / 114

21 - 失 眠 / 120

22 - 水灾与皮球 / 125

目录

23 - 小金鱼与鸭子 / 129

24 - 休假记 / 133

25 - 橡皮日戳 / 139

26 - 永恒的期约
　　——悼施德邻老师 / 143

27 - 遥寄瞿师 / 148

28 - 老花眼镜 / 151

29 - 秋　扇 / 155

30 - 课子记 / 160

31 - 与友人书 / 166

32 - 不见是见，见亦无见
　　——悼念我的启蒙师 / 172

33 - 小瓶子 / 176

34 - 妈妈的菜 / 182

35 - 失犬记 / 186

后记
　　——留予他年说梦痕 / 191

附录
　　——留得芳菲住 / 201

启蒙师 01

"不倒翁，翁不倒，眠汝汝即起，推汝汝不倒，我见阿翁须眉白，问翁年纪有多少。脚力好，精神好，谁人能说翁已老。"

我摇头晃脑，唱流水板似的，把这课国文背得滚瓜烂熟，十分得意。

"嗯，还算过得去，"老师抬起眼皮看看我，他在高兴的时候才这样看我一眼。于是他再问我：

"还有常识呢？那课瓦特会背了吗？"我愣头愣脑的，不敢说会，也不敢说不会。

"背背看吧！"老师还没光火。

我就背了"煮沸釜中水"，这第一句我是会的，"化气如……如……"全忘了。

"如烟腾。"老师提醒我。"化气如烟腾,烟腾……"我咿咿唔唔地想不起下一句。

"导之入钢管。"老师又提一句。

"导之入钢管,牵引运车轮……轮……嗯……谁为发明者,瓦特即其人。"我明明知道当中漏了一大截。

老师的眼皮耷拉下来了,脸渐渐变青,"啪!"那只瘦骨嶙嶙的拳头一下子捶下来,正捶在我的小拇指上,我骇一跳,缩回手,在书桌下偷偷揉着。

"像锯生铁似的,再念十遍,背不出来还要念。"老师命令我。

鼻子尖下面一字儿排开十粒生胡豆,念一遍,挪一粒到右手边,念两遍,挪两粒。像小和尚念三官经,若不是小拇指疼得热辣辣的,早就打瞌睡了。

已经九点了,还不放我去睡觉,我背过脸去打了个哈欠,顿时计上心来:

"老师,我心口疼,我想吐。"我拊着肚子喊,妈妈时常是这样子喊着心口疼的。

"胡说八道,这么点儿孩子什么心口痛,你一定是偷吃了生胡豆,肚子里气胀。喏,我给你吃几粒丸药就好了。"他拉开抽屉,里面乱七八糟的,有断了头的香,点剩的蜡烛,咬过几口的红豆糕,还有翘着两根触须的大蟑螂,老师在蟑螂屎堆里捡出几粒紫色的小丸子,那是八字胡须的日本仁丹,又苦又辣,跟蟑螂屎和在一起,更难闻了,我连忙抿紧了嘴说:"好了好了,这会儿已经好了。"

"偷懒,给我念完十遍,明天一早就来背给我听。"

我很快地念完了,收好书,抓起生胡豆想走。

"啪!"又是一拳头捶在桌面上,"你懂规矩不懂?"

我吓傻了,待在那儿不敢动。

"拜佛,你忘啦,还有,向老师鞠躬。"

我连忙跪在佛堂前的蒲团上拜了三拜,站起来又对老师鞠了个九十度的躬。说声:"老师,明天见。"

生胡豆捏在手心,眼中噙着泪水,可是我还是边走边把胡豆塞在嘴里嚼,有点儿咸滋滋的酸味。阿荣伯说的,汗酸是补的。

我回到楼上,将小拇指伸给妈看(其实早已不痛了),倒在她怀里撒开地哭。

"妈,我不要这么凶的老师,给我换一个嘛。"

"老师哪能随便换的,他是你爸爸的学生,肚才很通,你爸爸说他会做诗。"

"什么肚才通不通,萝卜丝,细粉丝,我才不要哩!"

"不许胡说,对老师要恭敬,你爸爸特地请他来教你,要把你教成个才女。"

"我不要当才女,你不是说的吗?女子无才便是德。"

"傻丫头,那是我们那个时代的话,如今是文明世界了,女孩子也要把书念通了。像你妈这样,没念多少书,这些年连记账都要劳你小叔的驾,还得看他高兴。"

"记账有什么难的?肉一斤,豆芽菜一斤,我全会。"

"算了吧,真要你记,你就咬着笔杆一个字都写不出来了。你四叔写的,老师还说他有好几个别字呢!"

"四叔背不出来,老师拿茶杯垫子砸他,眉毛骨那儿肿起一个大包,四叔说吃斋念佛的人会这么凶,四叔恨死他了。"

"不要恨老师,小春,老师教你、打你,都是要你好,吃得苦中苦,方为人上人。别像你妈似的,这一辈子活受罪。"妈叹了一口长气。

我知道妈的大堆头牢骚快来了,就连忙蒙上被子睡觉,可是心里倒也立志要好好念书,将来要做大学毕业生。在祠堂里分六对馒头(族里的规矩,初中毕业分得一对馒头,高中、大学依次递加一对),好替妈争口气。免得爸爸总说妈没大学问,才又讨个有学问的外路人,连哥哥一起带到北平去了。爸说男孩子更重要,要由她好好管教。我就不懂爸会把儿子派给一个不是生他的亲娘去管教,她会疼他吗?还有,哥哥会服她吗?叫我就不会,她要我往东,我就偏偏翘起鼻子往西，气死她。

　　妈叫我恭敬老师，我是很恭敬他的，从那一次小拇指被捶了一拳以后，我总是好好地写字念书。作文和日记常常都打甲上，满是红圈圈。下课的时候，我一定记得跪在蒲团上叩三个头，再向老师毕恭毕敬地行鞠躬礼，然后倒退着跨出书房门。没走出两丈以外，连喷嚏都不敢打一个，因此我没有像四叔那样挨过揍。老师对我虽然也一样绷着脸，我却看得出来他心里还是疼我的。因为他每天都把如来佛前面的一杯净水端给我喝，说我下巴太削，恐怕将来福分薄，要我多念经，多喝净水，保佑我长生、聪明。他就没把净水给四叔喝过，这也是四叔恨他的原因，他说吃斋的人不当偏心。其实四叔在乡村小学念书，只晚上跟他温习功课，不是老师的正式学生，老师的全副精神都在教导我，我是他独一无二的得意女弟子。

　　老师的三餐饭都在书房里吃，两菜一汤，都是素的，每次都先在佛前上供，然后才吃。有一次，阿荣伯给他端来一碗红豆汤，他念声阿弥陀佛，抿紧了嘴只喝汤，一粒豆子都不进口。我不明白咽下一粒豆子会出什么乱子，悄悄地问阿荣伯。阿荣伯说老师在十岁时就有一个和尚劝他出家，他爸妈舍不得，只替他在佛前许了心愿，从此吃长斋，一个月里有六天过午不食，只能喝米汤。

我看老师剃着光头,长长的寿眉,倒是有点罗汉相。我把这话告诉四叔,四叔说:"糟老头子,快当和尚去吧!"其实老师并不老,他才四十光景,只是一年到头穿一件蓝布大褂。再热的天,他都不脱,书房里因此总冒着一股子汗酸气味。

"妨碍公共卫生。"四叔的头摇得像拨浪鼓似的,他指着墙壁缝里插着的一个个小纸包说:"你看他,跳蚤都不捏死,就这么包起来塞在墙缝里。跳蚤不一样要饿死吗?真是自欺欺人。"

老师刚从门外走进来,四叔的话全被听见了。四叔已来不及溜,老师举起门背后的鸡毛掸子,一下子就抽在他手背上,手背上起一条红杠。

"跪下来!"他喝道。

四叔乖乖地跪下来,我吓得直打哆嗦。老师转向我:"你也坐着不许走,罚写大字三张。"

我摊开九宫格,心里气不过,不临九成宫的帖,只在纸上写"大小上下人手足刀尺……"一口气就涂完了三张,像八脚蛇在纸上爬。

老师走过来,一句不说,把三张字哗哗地全撕了,厉声说:"重写,临帖再写五张,要提大小腕。"

他把一个小小银珠盒放在我手腕背上,我的手只能平平地移动，稍一倾斜，银珠盒就滑下来了。我还得握紧笔杆，提防老师从后面伸手一抽，笔被抽起来，就是字写得没力气，又须重写。我的眼泪一滴滴落在纸上，把写好的字全洇开了，都是四叔害的。

上夜课时，老师把我写的五张字拿出来，原来满纸都打了红圈圈，他以从未有过的温和口气对我说："你要肯用心临帖，字是写得好的，你看这几个字，写得力透纸背。"

四叔斜眼望望我，撇了一下嘴，显得很不服气的样子。我自己也莫名其妙，我原是一面哭一面写的，居然还写得"力透纸背"。

"老师，您教我写对联好吗？"我得意起来了。

"还早呢！慢慢来。"

"我会背对联：'天半朱霞，云中白鹤。河边青雀，陌上紫骝。'"这是花厅前柱子上的一副对子，四叔教我认，我完全不懂意思。

老师非常高兴，说："好，我就教你诗与古文。"

刚刚读完小学国文第四册，第五册开始就是古文。老师教我读《师说》。"古之学者必有师"，他一个字一个字地讲解给我听，我却要打瞌睡了。我说："我也要像四叔似的读《黄柑竹篓记》（后来才知道是《黄冈竹楼记》）。"老师说："慢慢来，古文多得很，教过的都得会背。"

我也学四叔那样,摇头晃脑背得琅琅响,我还背诗,第一首是"一去二三里,烟村四五家。亭台六七座,八九十枝花。"这太容易。

渐渐地,我背了好多古文与诗。我已经学作文言的作文了,"说蚁"是我的得意杰作:"夫蚁者,营合群生活之昆虫也,性好斗……"

老师一天比一天喜欢我,我也不那么怕他了。下课时不再像以前那样倒退着走,一跨出书房门,我就连蹦带跳起来,可是跳得太高了,老师就会喊:

"小春,女孩子走路不要三脚跳,《女论语》上怎么说的?"

"笑莫露齿,立莫摇裙。"我一个字一个字地背。

"对啦,说话走路都要斯斯文文的,记住哟!"

老师教我的,我都一一记住了。不管是不是太古板。因为爸爸不在家,他就像我爸爸似的管教我。我虽怕他,也爱他。

可是爸爸从北平回来,带我去杭州考取了中学,老师就不再在我家了。

临去那天,他脖子下面挂了串长长的念佛珠,身上仍旧是那件蓝布大褂。他合着双手,把我瘦弱的手放在他的手掌心里,无限慈爱也无限忧伤地对我说:"进了洋学堂,可也别忘了温习古文,习大字,还有,别忘了念佛。"

  我哽咽着,说不出话来。考取中学固然使我兴奋,但因此离开了十年来教导我的老师,是我原来所意想不到的。

  脚夫替他挑着行李,他步行着走向火车站,我一路牵着他的手,送他上火车。他的蓝布大褂在风中飘呀飘的,闲云野鹤似的,不知飘到哪儿去了。

云居
书屋

02

在杭州城隍山旁边的云居山上，有着翠绿如烟的修竹。修竹丛中，露出红瓦砖墙的一幢小房子，就是我父亲退休后读书养病的小别墅，父亲名之谓"云居书屋"。那不是什么富丽的建筑，只是朴素的三间小平房。可爱的是绕屋的葱茏松柏与四季不绝的姹紫嫣红。屋的四周一共有十八亩空地，父亲把一半辟为果园，种了水蜜桃与李子；另一半种山薯与玉蜀黍；外面再围上一圈青翠的水竹。让幽篁隔绝了烦嚣的尘世。

一年里，除了冬天，父亲大部分时间住在山上。夏天，更是我们全家上山避暑的季节了。累累的水蜜桃与李子，鲜甜欲醉；新出土的山薯与玉蜀黍，比市上买的更是可口。如果不为了学校开学,我真愿意一直伴着父亲,在琅琅的读书声中,享受无尽的慈爱和田园的情趣。

山顶有一座小小的茅亭,每天清晨,父亲与我站在亭子里行深呼吸,东方的云层由紫绛而渐转粉红,云彩下映照着烟波渺渺的钱塘江。凝眸久望,虽看不见点点帆影,可是它带给你新的理想、新的梦。父亲曾为我讲钱镠王射潮的故事,引起我浩然的意兴。左边是沉睡的西子湖,在淡淡的晨雾里益显得娇媚而慵懒。父亲望着日出,感慨地对我说:"在山中才充分享受着一天的乐趣,生命似乎也长得多,可是每见'白日依山尽',又使人分外感到一天太容易过去了。岁月不居,望你努力读书,培养学问,我已老耄,这满屋的藏书,就完全交给你了。"这几句话,深深地铭刻在我的心头,一晃眼竟过去二十年了。

父亲爱读书、藏书,也爱搜集版本、碑帖与名家字画。记得我们有一次回故乡,带了一部从日本买来的《藏经》回家,在埠头起岸时,雇了许多脚夫来抬箱子,脚夫问箱里是什么,父亲只简单地回答他们说:"是经。"脚夫不由得一个个伸着舌头说:"这么多金子呀!"我才大笑着告诉他们:"是佛经,不是黄金。"可是在他们眼里,衣锦荣归的父亲是应该有这许多金子的。

故乡的藏书阁里,除了《藏经》以外,还有《四部丛刊》《二十四史》《十三经注疏》《淳化阁法帖》,以及许多善本唐宋名家诗文专集、宋明学案、元明清戏曲小说等。父亲自己最喜欢的是诗文,所以许多诗集文集都是经他自己圈点过的。他最爱的是一部苏东坡写的《陶诗》与弘一法师写的《金刚经》,无论在故乡或杭州,他都是随身带着的。其他还有不少幅名人字画。如改七乡仇十洲唐寅的仕女,赵子昂的马,祝枝山的竹,彭玉麟的梅花,康有为、翁同龢、樊樊山、沈曾植的字,虽不见得都是真迹,可是闲来展玩,自有一份悠然的情趣。

在杭州,父亲又买了商务印书馆刊印的《藏经》《四库全书》珍本,《疆村丛书》《四史精华》,中华书局刊印的《四部备要》以及其他诗集文集多种,朋友又送了他一部《三希堂》。他把一部分最心爱的书移藏在云居书屋,每年夏天都要搬出来仔细地晒一次,撒上樟脑粉。然后,有条不紊地排列在书橱里。

父亲有一位对金石有研究的朋友,常来与父亲研究书画的真伪,并为父亲刻了一个"云居书屋藏"的图章。父亲命我在每册书的首页盖上这个章,我却常发现里面也有某某楼藏书的印章,便捧去问父亲那书的来源。

"谁知道呢?"父亲感慨地说,"总是谁家不肖子弟,无以为生,把先人的心爱遗物,随便拿来卖了。小春,你要牢牢记住,这都是我的心爱之物,也是我唯一遗留给你的,你要珍重看待啊!"父亲沉痛的语调,曾使我心中数日不安,我暗自发誓,"无论如何流离颠沛,我决不抛弃保管这些书籍的责任。"

不久抗战军兴,举家避乱故乡,父亲于次年病逝。当病势沉重时,他对我说:"局势如此,你是个女孩子,而且学业未成,兵荒马乱中,怕保不了杭州与永嘉两处的藏书,万一有大变,永嘉的藏书就捐赠籀园图书馆吧!"(籀园在永嘉城里,是瑞安孙仲容先生读书处,藏书数万卷,后改为图书馆。)我咽着眼泪领受了他的遗言,可是内心又怎么舍得这样做呢?负笈上海,第一年暑假回家晒书,与叔叔一同整编书目。那时杭州沦于敌手,云居书屋的书根本无法照顾。嗣后永嘉又不幸两次陷敌,我在上海因港口封闭无法回乡,曾屡次函告庶母,无论如何,要将父亲的藏书运至安全处所,庶母来信说:"最要紧的是你父亲的灵柩要运到山中祠堂里,其次是红木家具与衣物,书籍实在无法搬运了。"我得到此信忧急万分,关山阻隔,着急又有何用。敌军撤退以后,我回到故乡,家园已满目疮痍,书斋被敌机炸毁一角,一部分藏书已化为灰烬,淳化阁帖被窃数本,只有放在外厅的《二十四史》尚得安然无恙。我和叔叔将残书一一整理,为了纪念先人,也就愈加爱惜这些残缺的书籍。我选出其中经父亲圈点过的几部诗文集，另放一个书箱，随身带到杭州。到了杭州，第一件事就是开启书橱。啊！所有的书统统颠倒、混乱不堪，也不知其中缺少了多少。次日又赶到云居书屋。谁知父亲最心爱的几部书，竟已被看管房子的工人称斤论两地卖掉。菜园中的桃李树，大部分亦被砍去，问他，说是日人盘踞时糟蹋的。目睹此种情景，令人心痛曷已。我把第二批的残书整理在几只箱子里，运回城中寓所。寓所书斋中混乱无绪的书籍，《三希堂》缺了一半，《藏经》少去一册，木板善本完整的只有《昭明文选》《佩文韵府》《十八家诗钞》《李义山诗集》。而《东坡诗文集》《白香山诗集》《李杜诗集》《疆村丛书》等都不知去向。《四史精华》与《左传》各剩下十余本。《四库全书》珍本存余的比《四部备要》多。我一算杭州永嘉两处的书，总共存余的不及原来三分之一。丛书方面，因限于经济能力，只选比较重要的重新买来补齐。善本书无法购补，《藏经》与《四库全书》珍本因商务停止刊印无法再补。自己又买了几部词集，一一分类编目，收藏在父亲书房中。《藏经》放在三楼，供如来佛一尊，作为庶母念佛的经堂。

　　我那时因几处兼职，工作甚忙，竟很少读书的时间。偶尔得闲，坐在书房中，望着父亲的照片与这些仅有的图书，想起历年来的变故沧桑，不胜感慨唏嘘。我又何曾想到将来会连这一点点书籍亦无力保存呢？

三十八年春，战争已逼近大江以北，庶母在慌乱中忙着将贵重的毛皮衣饰细软，装成十只大皮箱，托朋友先运台湾。而对于浩劫后仅存的图书，却一点也无法顾及。我闻讯匆匆从苏州赶回，此时京沪杭一带，人心鼎沸。家中没有一个强壮的男人，帮我们策划进退。一筹莫展中，想起了父亲临终的遗言："如逢大变，你保不了这些书籍，就把它捐给图书馆吧！"我自恨不能于危急中安顿家庭，自己再图撤退，回首当日与图书共存亡的誓言，不禁放声痛哭。急迫的局势，不容我再作迟疑，只得与浙大校长商议，将全部图书捐赠浙大图书馆，一则是先人遗业，不忍任其散乱，借着公家的力量，或可保存一二。二则万幸将来能保存的话，不仅为先人留永久纪念，亦使大专学生们多一些参考研读的资料。如此决定以后，第二天浙大就放来专车三辆，将《藏经》与书籍运去。我对着空空的四壁，不由得潸然泪下。我又特地将父亲圈注过的几部书郑重地捧给夏老师，托他代为保管。因为那时我除了一身衣服与一只小提箱外，已什么都不能带了。到了上海，我又赶寄一封信给在永嘉的叔叔，请他将留存故乡的书籍，都捐赠籀园图书馆。如此处理虽感万分不忍，可是于无可奈何中，也算履行了父亲的遗言了。

现在回忆当年对着琳琅满目的书卷，为父亲磨研朱墨、圈点诗书的乐趣，此生永不可再得，我悼念先人，也痛心于两次遭逢浩劫的图书。

杨　梅

六月，该是故乡早谷登场、杨梅最好的季节了。我乡的茶山杨梅，可以媲美于绍兴的萧山梅，色泽之美，更有过之。一颗颗又圆又大，红紫晶莹像闪光的变色宝石。母亲在大筐子里选出最好的给父亲和我吃，我是恨不得连人都钻进篓子里，把烂的也带核儿吞下去。说起吞核儿，我是经过一番特别训练的。我有个只大我几岁的小叔叔，与我一样的贪吃杨梅。我们要从杨梅上市的第一天青的酸的，吃到下市的最后一天烂的苦的才罢休。可是他的本领比我大得多，他把杨梅搁在嘴里，只用舌头一拌就咽下喉咙了。我问他："核儿呢？"他说："吃杨梅不咽核儿还成啦！那你吃上十斤八斤也不会饱。还有，杨梅核儿才是消毒的，咽下去，可以把肠胃里不清洁的东西，如蜘蛛网、猪毛之类的东西一齐卷出来。所以杨梅不必洗，洗了味儿就淡了，可是要吃不洗的杨梅，就得学会咽核儿。"我听了他的话，有点儿半信半疑。可是为了省去洗的麻烦，借此可以多吃，也就开始学咽核儿了。叔叔说要咽就得在每次吃第一个就咽下去，以后就不困难了。可是我还是学了很久才学会。学会以后就越发的狼吞虎咽起来，吃得肚子鼓鼓的，舌头都起了跟杨梅珠子一样的小泡泡，吃饭喝茶都感到痛。我不愿告诉母亲，还是偷偷地吃。母亲看我那副猴相，笑骂我："这样吃杨梅，给你招个茶山女婿吧！"终于我吃出胃病来了。胃酸涌上来，整天不想吃饭，母亲把杨梅核儿焙成灰，叫我用开水服下去，几次就好多了。母亲正色地告诫我说："小春，你吃东西这样任性，长大了，一个人在外没有妈照顾，病了怎么办？"我常常为母亲的多叮咛感到厌烦，无知的童子，总以为一辈子都会在母亲的爱抚下享受着幸福呢！

  农历的六月初旬，是乡间家家户户"尝新"的好日子。"尝新"就是新谷已经收成了，农家得做几样好菜，谢了谷神，请大家来喝杯庆祝的喜酒，吃碗又香又甜的红米饭（新谷是红米）。酒席里最好吃的是四个大盘：一盘茄松（茄子切丝，裹了面粉鸡蛋油炸），一盘蛤子，一盘切得方方正正的西瓜，一盘拿烧酒浸过的杨梅。这四样东西差不多家家都相同。我爱酒又爱杨梅，啜着烧酒杨梅，下以茄松，剥剥蛤子，最后吃鲜甜的西瓜解渴。还有比这更快乐的事吗？所以哪一家请吃"尝新"酒总是我做代表，父亲是懒得出门的，母亲又是这样不吃、那样不尝的，我就乐得单身赴宴，吃得前仰后合地回家。宁可吃坏了肚子，又害母亲操一场心。

　　我家搬到了杭州，萧山的杨梅也一样鲜甜，样儿是椭圆的，颜色是粉红或白的，看起来远不及故乡的茶山梅漂亮。我因为胃病，已经不能多吃，更不能咽核儿了。母亲仍是在篓子里选出最大最好的几颗留给父亲与我吃。星期天回家，我端了藤桌椅坐在院子里，母亲就把一碟子用盐水洗过的杨梅放在我面前，说："小春，只吃十个，晚饭后再吃十个。"我一面做着代数，一面把杨梅放在嘴里慢慢儿啜着甜汁。令人头痛的代数题，一道也做不出，十个杨梅却在万分不舍得吃的情形下吃光了。母亲笑着端起剩下的说："再吃一个，明天的代数就考个杨梅大的零分。"我也笑着，紫色的杨梅汁滴落在练习簿上。

　　抗战第二年，我们回到故乡，父亲病了。他患的是肺病与痔疮，这两种病都不宜吃杨梅，可是到了杨梅成熟的季节，他还是想吃，每次只能吃两个。有一次，父亲的朋友从远方来，送了他一对玲珑剔透的水晶小碟子，父亲自是心爱万分。母亲把两个紫透的杨梅放在一只水晶碟子里，另一只碟子摆上几朵茉莉花与一枝芝兰。一清早叫我端去放在父亲的枕边。闻着芝兰的阵阵清香，父亲把杨梅拿在手指尖上，端详半晌说："你母亲爱花，爱水果，可是她从不戴花，也不吃水果，只默默地培养得花儿开了，果子结了。她一生都是那么宁静淡泊！"他眼睛望着壁上母亲与我合摄的照片，好像还有许多话想和我说，却没有说出来。

农历六月初六日，是父亲的生日，头一晚，母亲就吩咐我要早起，在佛堂与祖宗神位前点上香烛（因为父母亲都是信佛的），然后再扶父亲起来拜佛。可是未到天亮，父亲就气喘了，我与庶母都陪着他，母亲仍在楼下张罗。他的气愈来愈急，我摸他的脉搏急促而衰微，额上冒着豆大的汗珠，我知道情势不好，赶紧给他注射平气强心针。父亲的眼睛只是望着我，又看看壁上的照片，我懂得他的意思是要我请母亲赶紧来，我急急跑到楼下，母亲正端了那一对水晶碟子的芝兰与杨梅跨上楼梯，我接过碟子呜咽地说："妈，爸爸要你快上去。"可是母亲还是犹疑不决。因为父亲卧病之初，庶母就请了瞎子算命，排起八字来说母亲的流年与父亲有冲克，两年中必须避不见面。庶母信了瞎子的话，示意母亲不要去看父亲。父亲呢，心中虽有千言万语要与母亲倾吐，怎奈母亲执意以父亲的身体为重，不愿与他见面。于是父亲与母亲之间，都是由我传递心曲。可是现在，一切都将太晚了，我拉着母亲的手，喉头哽咽不能成声。母亲也慌了，三步两脚赶上楼来。庶母已在旁放声大哭，父亲只以含泪的眼睛看着母亲与我，嘴唇微微动了一下，未能启口即溘然而逝了。母亲掩着嘴忍住了哭，半响才说："你们都不要大哭，不要扰乱他的精神，跪下来念经，最后的一刻，让他平安地起身吧！"我们都匍匐在地上，是母亲的语音似古寺钟磬，使我于神志昏乱中略微清醒过来。我抬起模糊的泪眼望母亲，她于满脸的悲伤哀戚中，仍透露一股临大变而能勉强镇定的毅力。她将父亲的双手平放在胸前，给他穿上袜子，看时钟正指着九点。小几上摆着那两个水晶碟子，芝兰散布着芬芳，杨梅仍闪着紫红的光彩，此情此景愈加使我泣不可抑。六月初六，父亲的生日，谁又想到竟成他的忌辰呢！

四十九天的斋期中，我每天总不忘在水晶碟子里摆上几瓣鲜花与两颗杨梅，上供于父亲的灵前。而母亲呢，似乎再无心情拣选最熟最紫的杨梅了。

我负笈上海以后，每年夏天杨梅成熟之时，也靠近父亲生日与忌辰六月初六。上海没有好的杨梅，我也不再想吃杨梅。南望故乡，我怀念的是去世的父亲与劳累大半生白发蟠然的母亲。

民国三十年初夏，我卒业大学，母亲叫小叔写信告诉我："孩子，早点儿回家吧！回家正赶上杨梅最好的时候。

妈又得为你拣一颗颗晶莹的大杨梅了。"我感谢母亲比海更深的爱，也想起了父亲那一对心爱的水晶碟子。

可是那时因战事海岸线封锁，我竟迟迟未能成行。忽然一个晴天霹雳，叔叔来信说母亲旧疾突发，叫我急切回家，迟恐赶不上了。我冒着危险，取道陆路，整整二十一天才赶到家中，赶到时母亲的灵柩已停放在祠堂里了。

年光于哀痛中悠悠逝去，我亦已忧患备尝，儿时那种吃杨梅的任性与欢乐，此生永不会再有了。

喜　宴

04

　　我的故乡是离城三十里的一个小村庄——瞿溪。瞿溪风俗淳厚，而对于城里人的礼仪、衣着，却非常羡慕而且极力模仿。在结婚大典中，"坐筵"可说是中心节目，仪式之隆重不亚于城厢，只是排场不及他们豪华就是了。

　　父亲当年在杭州做过一任"大官"，我又是他的独养女儿。因此地方上不论什么人家办喜事，都要用轿子把这位"潘宅大小姐"请去撑场面。尤其是坐筵，更少不了我。本来，被请作坐筵客的，必须具备一个最重要的条件，那就是姑娘要长得十分标致，年龄在十四五，已经定了亲，在半年内就要"做新妇"的最合标准。而我呢，小时候明明是个塌鼻子、斗鸡眼儿的丑小鸭，年纪还不满十一岁。只因是"官家之女",这只丑小鸭也就成了坐筵席上的贵宾了。

可是无论如何,坐筵毕竟是我童年生活史上最光荣的一页,如今追述起来,心情之兴奋正不亚于退职官儿们津津乐道他当年煊赫的功名事业呢。

在乡间,我既是人人瞩目的"官家小姐",母亲平日对我的举止仪容,自是倍加管教,唯恐我有失态之处。我自觉小小年纪,就时常被请作坐筵客,固然是值得骄傲,可是毕恭毕敬地坐在新娘旁边,眼看着热腾腾、香喷喷的菜,端上来又撤下去,既不能放肆地吃,又不能随便退席,实不胜拘束之苦。

更有一件使我苦恼的事,就是每次赴坐筵时总感到自己的衣服远不及其他姑娘的华丽。看她们一个个争奇斗艳,旗袍也好,裙袄也好,总是最时髦的五彩闪花缎(在当年,闪花缎是一种最名贵的缎,就如同玻璃纱是那时夏天里最漂亮的纱)。乌亮的辫子,扎上两寸长嵌银丝的桃红或水绿丝线。有的更是满头珠翠,衣扣缀着小电珠泡,一闪一闪的,看得人眼花缭乱。而我呢?永远是一件紫红铁机缎不镶不滚的旗袍,那是母亲的嫁衣改的。改得又长又大,套在旧棉袍外面(办喜事大部分是冷天),像苍蝇套在豆壳儿里,硬邦邦,稀里晃荡的,看去就是个十足的傻丫头。母亲还得意地说:"铁机缎多坚实,现在的闪花缎哪比得上呢!"我气得直撇嘴。此外,我还有一顶紫红法兰西绒帽,是父亲远远从北平寄回给我的。母亲说:"刚好配一套,再漂亮不过了。"我说法兰西帽应当歪戴。母亲说歪戴帽子不像个大家闺秀,要我端端正正顶在头上。为这顶帽子,我哭过不止一次。可是我头上没有珠翠,不戴帽子光秃秃的更难看了。

  我至今都不会忘记那非常"丢脸"的一次。那是我们邻村郭溪第一家富户张宅大小姐出嫁。我被请去陪新娘"辞嫁"(这是姑娘出嫁前一晚,告辞父母家人的一桌筵席,仪式比坐筵轻松,因为新娘是在娘家)。张大小姐是有名的美人儿,打扮成新娘,其美丽自不必说。我穿的仍是那唯一的紫红铁机缎旗袍,戴上那顶令人烦恼的法兰西帽。在艳光照人的新娘旁边,我不免自惭形秽起来,就只是往人缝里躲。此时,大堂上忽然一声高唱:"胡宅二小姐到。"新房里所有的女客都一齐拥到房门口,男宾们更是争先恐后地围向那顶绿呢轿子,我在人缝中定睛一看,轿子里跨出一位小姐,那高贵淡雅的装束,雍容华贵的神情,真使在场所有的女宾都为之黯然失色。我耳中只听得一片赞叹欣羡之声,再回头偷偷照了下穿衣镜,简直寒碜得无地自容了。胡二小姐袅袅婷婷地走进新房,露出玉米似的洁白纤牙,微微地笑着。乌缎似的头发,梳成两个圆髻,各绕上一圈珍珠,额前稀稀疏疏飘着几根刘海,一张瓜子脸儿,嫩白的肌肤和她一身月白软缎绣淡绿牡丹花旗袍相映照，那一派冰晶玉洁，我至今都想不出一个妥当的字眼形容她。

坐筵时，胡二小姐挨着新娘，我被安排在她的下首，那意思就是胡二小姐的地位比我高，她是主宾。这时，我心里已经很不自在，倒不是忌妒胡二小姐，而是觉得自己这一身衣着和一脸的黑皮肤，实在没资格参加这豪华的典礼。我又不时偷眼望胡二小姐襟前扣的一大朵珠花和新娘领子下的钻石别针。我在心里对自己发誓，这一生世再也不陪新娘了。不一会儿，来了一个珠光宝气的妇人，她一手牵一个姑娘，走到我面前，眯起近视眼看着我说："你是胡二小姐的陪伴小姑娘吧？你跟我来，另外专有一席给你们的。"伴嫁连连摇手说："不是不是，她是潘宅大小姐呀！"胡二小姐却低下头抿嘴儿一笑。我真恨透了那一笑，那里面包含了讥讽、得意与轻蔑。我的眼泪几乎掉下来，但我咬着嘴唇忍住了。那时，我的脸一定是青一阵、紫一阵，难看极了。菜一道道地上，我终席不曾举一下筷子。连新娘都忍不住招呼我说："小妹妹，你吃一点儿呀！"我摇摇头，我当时心中只有一个念头，就是："我快点儿死掉吧！"

胡二小姐就在两个月后结婚，胡宅派了三次轿子来接，我死也不去。母亲只好自己去了。胡二小姐嫁到同村王宅。王宅请我坐筵，我也不去。我流着眼泪央求母亲道："妈，您为什么不做件五彩闪花缎旗袍给我，为什么不给我一朵珠花戴呢？"母亲笑笑说："你还小，等你十五岁一定给你。"

幸得没等到十五岁，父亲就从北平回来了。我一五一十向父亲诉了委屈。父亲马上带我进城，在一家最有名的裁缝铺里，给我定做了一件旗袍。白软缎绣上整株的紫红梅花，再配上一双绽红亮片的白缎高跟鞋，这一身富丽的"锦袍"，顿时使我忘记了自己的塌鼻梁和斗鸡眼儿，自以为可以和凤冠霞帔的新娘比美了。

十二岁那年的一次坐筵，给我赢来了无比的光荣。从那以后，在人们心目中，我才真正是一位"大家风范"的"千金小姐"了。

那是地方上一家大户娶儿媳妇，父亲也被邀请做特等贵宾。我们父女二人的两顶轿子，一前一后往大门长驱直入，好不威风。坐筵时，父亲坐在新娘左首一席，另请四位年高德劭的客人陪他。我坐在正中一席陪新娘，右首是新郎的父母与长亲。他们为了款待我父亲，那晚这三桌酒席特由八盘五增为八盘八（这是我乡酒席的特点，就是八个冷盘，当中上八道热菜，最后一道是莲子红枣汤，讨早生贵子的彩头）。八个冷盘可说样样精彩。我乡吃酒的惯例是四角的冷盘，都可以分成一份份，给客人包了带回家。那是橘子、未剥开的蛤子、山楂糕、油炸各式点心。这些都是我平日最喜欢吃的东西，可是为了表示自己的教养、派头，那晚我一样也不拿，全送给同桌姑娘的陪妈了（我因随父亲同去，所以不需陪妈）。我在拿东西给人时，故意把右手中指高高翘起，让人家看到我的翡翠戒指，连新娘都向我投来羡慕的眼光。我心中真是得意，又远远望一下高踞上座的父亲，他只是衔着烟斗向我微笑，仿佛是说："现在你该满意了吧，这么时髦的服装，这么贵重的首饰。"我不禁伸手摸摸胸前的大珠花，想起白兰花似的胡二小姐的姿容，心中仍不免埋怨母亲，为何不早点儿把我打扮起来呢！

在坐筵席上，新娘是不能动筷子的，陪新娘的姑娘们也不能多吃，尤其是两三个月后就要做新娘的，更得做出斯文样子，以免婆家亲友见了笑话。我是桌上唯一未曾订婚的小姐，但我也兴奋得吃不下。那晚上，我是满堂宾客注目的对象。主要的当然因为我父亲，还有就是我的衣饰实在太吸引人了。

在新郎新娘拜堂以后，照例要拜谒宾客亲友，主人第一个请的就是我父亲，司仪一声高唱："潘宅大老爷请上座。"我的精神亦为之一抖擞，知道不久就将轮到我了。果然在拜见平辈客人时，我就是第一个被唱名上前的。"潘宅大小姐请。"我就不像其他姑娘的扭扭捏捏，我踏着绽红亮片的高跟鞋，以最雍容大方的步子走上大堂，接受了新人的三鞠躬礼,也回了三鞠躬礼。礼堂上雪亮如白昼的煤气灯光,照耀着我白缎绣紫红梅花长及足背的旗袍,自觉摇曳生姿。管乐声中,我从容地走上去又走下来,两目平视,尽管手心冒着汗,却绝不露一丝慌张之色。我心里想:"你们看看我该比旁的姑娘不同吧!"

回到新娘房里,我就听到有人在低声细语:"真奇怪,她怎么会变得漂亮起来,皮肤给白缎一映都白了,眼睛好像也不斗了。""究竟是官家小姐,你看她答礼时不慌不忙多大方。"我心里可真乐死了,可不是吗?女大十八变,更何况人靠衣装、佛靠金装呢!

可是尽管我对坐筵产生浓厚的兴趣,母亲却总不赞成父亲给我极力打扮。她认为女孩子家从小养成睥睨一切的虚荣心,长大后只有害了她。所以除了那一身豪华的"礼服",她就没允许再给我做第二身。

不久,我家搬到了杭州,从此我就没机会再坐筵了。十年后回到故乡,一切都变了,坐筵的典礼也没有了。直到如今,我仍不胜怀念我的白软缎绣梅花旗袍。但我更怀念那件由母亲新嫁衣改做的紫红铁机缎夹袍和那顶法兰西帽子。因为那一套行头正象征我又憨又傻的童年,尤足以纪念我节俭简朴的母亲。

金盒子

记得五岁的时候,我与长我三岁的哥哥就开始收集各色各样的香烟片了。经过长久的努力,终于把封神榜香烟片几乎全部收齐了。我们就把它收藏在一只金盒子里——这是父亲给我们的小小保管箱,外面挂着一把玲珑的小锁。小钥匙就由我与哥哥保管。每当父亲公余闲坐时,我们就要捧出金盒子,放在父亲的膝上,把香烟片一张张取出来,要父亲仔仔细细给我们讲画面上纣王比干的故事。要不是严厉的老师频频促我们上课去,我们真不舍得离开父亲的膝下呢!

有一次,父亲要出发打仗了。他拉了我俩的小手问道:"孩子,爸爸要打仗去了。回来给你们带些什么玩意儿呢!"哥哥偏着头想了想,拍着手跳起来说:"我要大兵,我要丘八老爷。"我却很不高兴地摇摇头说:"我才不要,他们是要杀人的呢!"父亲摸摸我的头笑了。可是当他回来时,果然带了一百名大兵来了。他们一个个都雄赳赳的,穿着军装,背着长枪。幸得他们都是烂泥做的,只有一寸长短,或立或卧,或跑或俯,煞是好玩。父亲分给我们每人五十名带领。这玩意儿多么新鲜!我们就天天临阵作战。只因过于认真了,双方的部队都互有损伤。一两星期以后,他们都折了臂、断了脚,残废得不堪再作战了,我们就把他们收容在金盒子里作长期的休养。

我六岁那一年,父亲退休了。他要带哥哥北上住些日子,叫母亲先带我南归故里。这突如其来的分别,真给我们兄妹十二分的不快。我们觉得难以割舍的还有那唯一的金盒子,与那整套的封神榜香烟片。它们究竟该托付给谁呢?两人经过一天的商议,还是哥哥慷慨地说:"金盒子还是交给你保管吧!我到北平以后,爸爸一定会给我买许多玩意儿的!"

金盒子被我带回故乡。在故乡寂寞的岁月里,又受着家庭教育严厉的管束,童稚的心,已渐渐感到孤独与烦躁。幸得我已经慢慢了解封神榜香烟片背后的故事说明了。我又用烂泥把那些伤兵一个个修补起来。我写信告诉哥哥说金盒子是我寂寞中唯一的良伴,他的回信充满了同情与思念。他说:明年春天回来时定给我带许多好东西,使我们的金盒子更丰富起来。

　　第三年的春天到了,我天天在等待哥哥的归来。可是突然一个晴天霹雳似的电报告诉我们,哥哥竟在将要动身的前一星期,患急性肾炎去世了。我已不记得当这噩耗传来的时候,是怎样哭昏过去的,只觉得醒来时,已躺在母亲的怀里。仰视泪痕斑斑的母亲,孩子的心,已深深经验到人事的变幻无常。我除了恸哭,更能以什么话安慰母亲呢?

　　金盒子已不复是寂寞中的良伴,而是逗人伤感的东西了。我纵有一千一万个美丽的金盒子,也抵不过一位亲爱的哥哥。我虽是个不满十岁的孩子,却懂得不在母亲面前提起哥哥,只自己暗中流泪。每当受了严师的责罚,或有时感到连母亲都不了解我时,我就独个儿躲在房里,闩上了门,捧出金盒子,一面搬弄里面的玩物,一面流泪,觉得满心的忧伤委屈,只有它们才真能为我分担呢!

　　父亲安顿了哥哥的灵柩以后,带着一颗惨痛的心归来了。我默默地靠在父亲的膝前,他颤抖的手抚着我,他早已呜咽不能成声了。

　　三四天后,他才取出一个小纸包说:"这是你哥哥在病中,用包药粉的红纸做成的许多小信封,一直放在袋里,原预备自己带给你的。现在你拿去好好保存着吧!"我接过来打开一看,原来是十只小红纸信封,每一只里面都套有信纸，上面都用铅笔画着"松柏常青"四个空心篆字，其中一个，已写了给我的信。他写着："妹妹，我病了不能回来，你快与妈妈来吧！我真寂寞，真想念妈妈与你啊！"可怜的我，那一晚上整整哭到夜深。第二天就小心翼翼地把小信封收藏在金盒子里，这就是他留给我唯一值得纪念的宝物了。

　　我十九岁的时候，母亲因不堪家中的寂寞，领了一个族里的小弟弟。他是个十二分聪明的孩子，父母亲都非常爱他，给他买了许多玩具。我也把我与哥哥幼年的玩具都给了他，却始终藏着这只小金盒子，再也不舍得给他。有一次，不幸被他发现了，他就跳着叫着一定要。母亲带着责备的口吻说："这么大的人了，还与六岁的小弟弟争玩具呢！"我无可奈何，含着泪把金盒子让给小弟弟，却始终不忍将一段爱惜金盒子的心事，向母亲吐露。

　　金盒子在六岁的童孩手里显得多么不坚牢啊！我眼看他扭断了小锁，打碎了烂泥兵，连那几只最宝贵的小信封也几乎要遭殃了。我的心如绞着一样痛，趁着母亲不在，急忙从小弟弟手里救回来，可是金盒子已被摧毁得支离破碎了。我禁不住由心疼而愤怒，我打了他，他也骂我"小气的姊姊"，他哭了，我也哭了。

　　一年又一年地，弟弟已渐渐长大，他不再毁坏东西了。

九岁的孩子，就那么聪明懂事，他已明白我爱惜金盒子的苦心，帮着我用美丽的花纸包扎起烂泥兵的腿，用铜丝修补起盒子上的小锁，说是为了纪念他不曾晤面过的哥哥，他一定得好好爱护这只金盒子。我们姊弟间的感情，因而与日俱增，我也把思念哥哥的心，完全寄托于弟弟了。

　　弟弟十岁那年，我要离家外出。临别时，我将他的玩具都埋在他的小抽屉中，自己带了这只金盒子在身边，因为金盒子对于我不仅是一种纪念，而且是骨肉情爱之所系了。

　　作客他乡，一连就是五年，小弟弟的来信，是我唯一的安慰。他告诉我他已经念了许多书，并且会画图画了。他又告诉我说自己的身体不好，时常咳嗽发烧，说每当病在床上时，是多么寂寞，多么盼我回家，坐在他身边给他讲香烟片上封神榜的故事。可是为了战时交通不便，又为了求学不能请假，我竟一直不曾回家看看他。

　　我不能不怨恨残忍的天心，在十年前夺去了我的哥哥，十年后竟又要夺去我的弟弟了。恍惚又是一场噩梦，一个电报告诉我弟弟突患肠热病，只两天就不省人事，在一个凄清的七月十五深夜，他去世了！临死时，他忽然清醒过来，问姊姊可曾回来。尝尽了人间的滋味，如今已无多少欢乐与哀愁，可是这一只金盒子，却总不能不使我黯然神伤。我不忍回想这接二连三的不幸事件，我是连眼泪也枯干了。

哥哥与弟弟就这样地离开了我，留下的这一只金盒子，给予我的惨痛是多么深！但正为它给予我如许惨痛的回忆，使我可以捧着它尽情一哭，总觉得要比什么都不留下好得多吧！

几年后，年迈的双亲，都相继去世了，这黯淡的人间，这茫茫的世路，就只丢下我踽踽独行。

如今我又打开这修补过的小锁，抚摸着里面一件件的宝物，贴补烂泥兵小脚的美丽花纸，已减退了往日的光彩，小信封上的铅笔字，也已逐渐模糊得不能辨认了。可是我痛悼哥哥与幼弟的心，却是与日俱增。因为这些黯淡的事物，正告诉我，他们离开我是一天比一天更远了。

三十八年古历七月十五夜

酒　杯

　　金门的一位友人给我带来两瓶高粱酒,送到时正是大除夕祭祖,我赶紧打开瓶子,满满地斟上三杯,心中默祷着先人能来领受这一份远方的友情。祭毕,我举杯一饮而尽,觉得友情芳馨如甘醴,不仅温暖起我天寒岁暮之心,亦更使我怀念起逝世多年的父亲。

　　父亲生平虽不算嗜酒,倒也喜欢稍饮数杯,可是他的久咳与痔疮不允许他多喝,在慰情聊胜于无的心情下,他就用一只玲珑的小玉杯,斟上半杯上好的白干儿,捧在手中摩挲把玩。再微微啜上一口,抓一把花生慢慢剥着,酒尽时杯中余香犹在,父亲解嘲似的说:"晋朝陶渊明不会操琴而有无弦琴。我不能饮酒而有空玉杯,也可说与古人比美了。"

这只玉杯是父亲心爱之物,据说以之斟酒按摩四肢可以治疗风湿。我自幼多病,每病必四肢酸疼,母亲就以这只玉杯盛酒给我按摩周身,真觉舒适万分。可是有一次却被我不当心地把玉杯砸破了,我怕父亲责骂,就蒙头做大病状;父亲走过来,慢慢儿掀起被子说:"把你的头伸出来吧!小心再闷出病来。"他一字不提玉杯的事儿,待我钻出被子,却见他已拿了另外一只小酒杯倒了半杯白干儿,递给母亲叫她给我按摩四肢,我才知道父亲爱我原胜于一切身外之物,我又何必为砸碎了玉杯担心呢!

　　那年父亲的生日,我特地在江西瓷器店里买了一只小瓷杯送父亲饮酒,每饮只限此一杯,我觉得父亲喜欢这瓷杯更甚于玉杯,他给我的诗有"只为爱女更瓷杯"之句,父亲说:"瓷杯"与"慈悲"语音双关,如此默念此句,更深深体会慈父之心。

　　父亲晚年始学诗,而所作不多。冬夜围炉,常命我背诵唐诗遣兴。父亲最喜欢杜工部诗,每吟至"且看欲尽花经眼,莫厌伤多酒入唇"之句,却不禁感慨唏嘘。可是猛抬头见窗外寒梅一枝,傲岸于风雪中的姿态,他又转忧为喜地说:"我虽衰老了,却望你能像这梅花似的,于风霜雨雪中一枝独秀。"熊熊的炉火,映照着父亲的容颜,我顿觉父亲也显得壮健许多了。父亲又命我去厨房暖酒来,他怕我胆小一个人不敢去,就说:"我来大声念诗,你听着我的诗声,一路去就不怕黑了。"于是他就念起来:"有梅无雪不精神,有雪无诗俗了人,日暮诗成天又雪,与梅添作十分春。"我一路听着,渐行渐远,而诗声仍隐约可闻。我从容地暖好酒,捧了进来,父亲问我:"怕吗?"我说:"有爸爸陪我,就不怕了。"他举杯饮了一口,忽又叹息道:"你自幼就胆小,永远是要人陪着的,如今长大了应该学得顽强胆大些,什么都不要怕。没有爸爸陪着也不要怕。"父亲以衰病之身,随时都觉得自己将不久人世。他说这话,也未始非心有所感,我看他眼中闪着泪光,心头的酸楚更是难以名状。

如今在台湾冬天见不到雪,也不易找到梅花,而慈父的音容与琅琅诗声,一直像围绕在我的身边,我应该再也不会胆怯了。

记得是父亲在杭州最后的一个春天,我陪他在西泠桥上看渔翁垂钓,他忽然兴来,口占两句道:"门临花市占春早,居近湖滨归钓迟。"(我杭州寓所的街道原名花市路)我觉得此二句充满了春天的希望,足以象征父亲的心境开朗了,心中默祷他老人家的病能够早日痊愈。可是上天并未曾祝福父亲,不久他肺病转剧,寒热间作。病深搁笔后,此诗就始终未能续成。那年腊月,在故乡大除夕祭祖,父亲还勉强扶病主持,并做了一首律诗,最后四句记得是:"一声爆竹连烽火,万里归心动暮笳,犹喜团圆开岁宴,差胜杜老赋无家。"诗虽未见功力,却透露着无限感伤。翌年仲夏,父亲终于一病不起了。所谓"团圆岁宴"又成谶语。而连年烽火中转徙流离,真令人有"杜老无家"之叹。在此岁尾年头,对清樽追念先人,又将何以慰万里归心!

鲜牛奶
的
故事

十二岁时，随着父亲、庶母在杭州。父亲每天早晨喝一杯鲜牛奶，在那时认为简直抵得过一盏燕窝羹。父亲吸着隆隆的水烟，热腾腾的鲜牛奶放在一边冒气。我站在父亲身旁，呼嘟呼嘟地吹着纸枚头，一对乌鸡眼儿老盯着牛奶杯子。父亲问我："你想喝吗？"我心里着实想喝，可是我得牢牢记住姨娘教训我的话："凡是爸爸问你要吃什么，你都得说'不要吃，爸爸您自个儿吃'。小孩子往后吃的日子有的是，要懂得孝顺，知道吗？"我只好扁着嘴说："爸爸，我现在不要吃，等我长大了，像爸爸这样大，就可以天天早起喝鲜牛奶了。"父亲听我说得乖，笑着把杯子递给我说："今儿爸爸一定要给你喝，你快喝吧！"我接过杯子，战战兢兢地凑到嘴边,心里生怕姨娘下楼来,看到了又要教训我。正喝了一半,楼梯响了,我急忙放下杯子,不小心一下翻了,牛奶洒了一桌,紫檀桌上,洒了一大摊雪白的牛奶,我更心慌。幸得下来的不是姨娘,却是胖子老刘,父亲叫他快拿布来擦,自己就起身进书房了。我怕姨娘下楼来,也连忙溜到天井里去。一会儿忽听姨娘连声喊我,我蹑手蹑脚地走到她面前,原来那一大摊牛奶还赫然留在桌子上。我心里正奇怪老刘为什么不擦,却听姨娘声色俱厉地问我:

"是你洒的吗?"

我哭丧着脸点点头。

"为什么要洒掉?"

"爸爸给我喝,我不小心洒了!"

"不小心?叫老刘来擦掉!"她像是要吞我下去的样子。

我飞奔到厨房里,狠狠捶着老刘的背哭喊着:

"胖子,胖子,你这害人精,你为什么不擦桌子,存心害我挨骂吗?"

老刘莫名其妙地眯起一对近视眼,看了我半天说:

"怎么没擦?桌子上原就干干净净的,姨太还拿大乌珠瞪着我擦的哩!"

"那你为什么不擦那一摊牛奶?"

"牛奶?"老刘拔步又跑了进去,把脸凑到桌面上,鼻子尖点到了牛奶,这才恍然大悟地说:"原来是牛奶,我还当是姨太的白手帕呢!"

我站在门口,忍不住扪着嘴笑,可是姨娘依旧绷紧了一张四方脸,一丝儿笑容也没有。老刘回到厨房里,伸伸舌头说:"我本来就眼睛不方便,见了她那一张脸,越发的看不清东西了。你想若是她的手帕,还由得我碰一下?所以我糊里糊涂抹一下就跑了。她明明看清楚了,又为什么不说,偏要你进去训一顿。"

从此,牛奶与手帕的故事使我难以忘记。本来是一段近视眼的趣事,但与姨娘的那副脸谱联想在一起,我就越发的胆怯了。

又有一次,我从大门口捧进了牛奶,边走边揭开瓶口的纸盖,一不小心,从台阶上连人带瓶滚下来,瓶子紧紧地捏在手里,牛奶却洒得只剩一点点了。我急得直哭,胖子一摸光脑袋说:"有了,有了,你别急。"他马上去买了一小罐鹰牌炼乳,用开水冲了,装在瓶子里,他得意地说:"这样就是姨太看见了也认不出来,老爷吃出不是鲜牛奶也不会骂的。"我才定心了。谁知偏巧那天父亲不想喝牛奶,姨娘说:"你不喝就我喝吧!其实我也真不喜欢喝牛奶。"我心想:"你明明不喜欢,为什么就不给我喝呢?"我只是用眼睛看父亲,父亲的眼睛又只是望着报纸,我跑出来叫着老刘:

"胖子，胖子，事情不妙，爸爸今儿不喝，姨娘喝呢！"老刘把眼睛一眯，又一个计上心来，他一声不响地取出两个鸡蛋打在牛奶罐里煮，我问他做什么，老刘得意地说："她不吃这样煮的鸡蛋，我只装不知道就给端进去，她一看有鸡蛋自然不吃了，老爷再不吃，就有你的份了。"

我半信半疑地跟在老刘后面，走进憩坐室，果然姨娘一看有蛋就生气地问：

"谁叫你搁的蛋？"

"老爷常吃的。"老刘眼睛望着鼻子尖。

"今儿老爷不吃，你知道吗？"

"我不知道，姨太。"老刘回答得有板有眼。

她把杯子一推，刷地起身走了。父亲似乎沉醉在报纸里，这时才抬起头来，我悄悄地拉着他的袖子说："爸爸，您吃嘛，牛奶鸡蛋，您为什么不吃呀！"父亲慈祥地摸摸我的头说："给你吃，你端到外面慢慢儿吃吧！"

我忽然看见父亲双眉之间笼罩着一层忧郁，却是我所不能了解的。

念中学时，母亲也来到杭州，我那时却住校了。校里可以订半价牛奶，母亲给我订了。我喝牛奶时，心里总是惦记母亲，老刘时常在买小菜时顺便来看我，我就把当天的牛奶放在他菜篮里说："胖子，带回家给我妈喝。"母亲却告诉我说:"你别把牛奶带回来,我不怎么爱喝,等秋收时我回乡下,再给你带顶大的鸡蛋来,冲牛奶吃更补了。"母亲说着虽然在笑,我看出她的眼睛是润湿的。

母亲半生劳累,大部分时间都在故乡,我因就学在外,很少与母亲在一起,因而未能尽一日的孝敬。母亲去世以后,姨娘因事到了上海,我与她同住在一个同乡家中,她忽觉自己营养不足,听同乡的劝告,喝起鲜牛奶来了。她挂着肥胖的双下巴,皱起眉头像吃药似的,一口口咽下去,剩下碗底一点点,用手一推向佣人说:"底下都是渣,你拿去喝掉。"不知那是牛奶渣还是糖渣,总之,她是非剩下一点儿不可的。她煮牛奶不许倒在锅里,却要倒在碗里隔着水蒸,蒸得不冷不热,跟她的嘴唇皮一样温度,才是恰到好处。为了侍候她牛奶的冷暖,佣人很少能做到一个月以上的。

我心里时常想:"你为什么总令人不愉快呢?"

可是环境一天天转变,多年的离乱,家庭的经济状况一日不如一日。来台湾以后,她带出来的积蓄,眼看日益减少,她才真正尝到了大家庭没落的悲哀。当年的豪华富贵已化为乌有。她的两鬓也渐见斑白,她得戴起老花眼镜来,自己操作缝补,松松的双下巴像火鸡似的荡下来。她老了,她更孤单,因为她没有一个真正关心她的亲人。我眼看她垂垂老去,心中充满了怜悯,我已经不能再恨她了。她是世上最孤独、最可怜的妇人,我得匀出一只手来扶着她,她黯淡的晚年是多么不容易排遣啊!

我为她订了鲜牛奶,她却时常省下来给我吃,还特地为我买了方糖,说方糖比砂糖清洁。这区别不在方糖与砂糖上,而在她对我的这份情意上。她已深深感到需要人情的温暖,需要爱的领受与赐予了。为了已去世的父母亲,我也愿尽一份人子之心,安慰她落寞的晚境。

我每于喝牛奶时想起幼年时与父亲说的话:"我要长得跟爸爸一样大时,就可以天天起早喝鲜牛奶了。"当时总以为自由自在地喝牛奶或做许多其他的事是多么快乐,殊不知长大以后有长大以后的责任与心情。人生并不是为享受,却是要有更多的给予;并不是以妒恨剥夺他人的快乐,乃是要以温厚与同情换取与旁人同样的快乐。现在,我已懂得更多,我愿以更宽大的胸怀忘却过去种种的不快,也将以此获得今后更多的欢乐。

毛 衣

天冷了,我从箱子里又翻出那件藏青旧毛衣,看看扣子已经掉了两粒,扣眼也豁裂了好几个。我把手指头套在破窟窿里,转来转去,想穿根线缝一下却提不起兴致。这件毛衣实在太旧,式样也太老了,又长又大地挂在身上,看去年纪都要老上十岁。想拆了却又万分舍不得,因为这是二十六年前我给母亲织的,母亲只穿过一年就去世了。二十多年来,我一直珍惜地保藏着这件毛衣,每年都穿着它过冬。为了它,我不知多少次背了老古董的名字。看看百货商店里挂着那么多的新式毛衣,也曾几次想买,而且还在店里试穿过,对着镜子前后左右地照,可是一想起还有这件藏青毛衣,就觉得不该再买新的了。记起从前母亲常说的话:"要节省啊！要记得你读这几年书不容易，心思放在学问上，不要把时间金钱浪费在不必要的东西上，妈是把你当个男孩子看的哟。"这几句话一直记在我心里，母亲已经不在了，我更不忍心不听她的教诲。况且手头也确是没有余钱，所以还是决心不买，而且往后连眼睛也不再往橱窗里多望了。可是套上这件旧毛衣，对着镜子一照，心里又不免有点儿矛盾。看，多老气呀！还是把它拆了织个新样子吧，即使母亲在世，也不见得会不赞成吧。这是道地蜜蜂牌细毛线呢！现在买起来可不便宜，不好好利用它不可惜了吗！说起蜜蜂牌细毛线，我不由得想起那一年去上海读书，母亲送我上船时说的话："小春，天太冷了，你戴孝又不能穿丝棉背心，到上海就买一磅蜜蜂牌细毛线！要真正蜜蜂牌的，这个牌子的毛线最暖和。花几个钱，请人给你织一件毛衣穿在里面就暖和了。"母亲说话时紧紧捏着我冻得冰冷的手，可是我觉得母亲的手也不暖：被风吹得干枯的手背上隆起了青筋。那天母亲的脸显得特别苍白清瘦，也许是灰布罩袍和鬓边那朵白花的缘故吧！我心里想：母亲不该瘦得这么多，老得这么快啊！我眼圈儿一红，赶紧举手摸摸头发，把白绒花摘下来重新又别上去。母亲的眼光呆呆地看着我，舱门外来来往往的送行人和乘客，谁也没有注意这一对穿灰布袍子戴白绒花的母女。父亲去世才两个月，为了继续学业，不得不在兵荒马乱之时，远离母亲去人地生疏的上海读书。如果交通突然受阻的话，一年半载之内，还不知是否能回来探望母亲呢！我的泪水终于扑簌簌地滚落下来。母亲也只是用手帕擦着眼睛，却低声劝慰我说："不要哭，出门要好好儿的，到了马上写信来。"母亲没说太多的话，只是帮我打开铺盖，把枕头拍得松松的："你晕船要睡得高一点。"又把被子叠成一个小小的被筒，让我睡在里面裹得紧紧的。在家里，天气寒冷时，我每晚上床，都得由母亲这里那里的给我按紧被子，脚底下还压上一条毛毯。到了上海，我总觉得自己所叠的床被赶不上母亲那样的熨帖。

　　现在想想，我当时何必非要到上海去读书呢？母亲逐年衰弱的身体，她的心脏病，她的劳累和忧伤，都已告诉我，她可能随时会发生意外，我真不该离开她太远太久。可是，不知道为什么，当时我会把别离看得那么轻易，以致把母女相依的最后两年宝贵时光，都等闲误却了。

　　我捧着毛衣，把脸埋在里面，毛衣暖烘烘地似尚留有母亲身体的余温，我用手轻轻地揉弄着它，想起自己是怎么把它织起来的。

　　记得那年到了上海，就请同学陪同在大新公司地下室买廉价毛线。蜜蜂牌要十块钱一磅，太贵了，同学介绍我一种六块钱一磅的三羊牌也很好。还记得招牌纸上印的两只小羊,偎在母羊的身边,是那么的逗人喜欢,我就买了一磅墨绿的。也没有找人,自己抽空织了。刚起一个头就想起母亲在船上送行时那只冰冷的手,我马上又改变主意,织成两件背心,母女一人一件,一磅绒线就刚好。可是给母亲的一件,足足从第一年冬天织到第二年的端午节前才完工——这样慢工又不能出细活儿的毛病,我自己想来就好笑。寒假里,我把背心带回家,双手捧给母亲说:"妈,我们一人一件,三羊牌的毛线也不错,您穿穿看合适不?"母亲仔细地端详了一番说:"倒是织得挺好,只是你何必给我织呢?我又不怕冷,也穿不惯这种打头上钻的新式样子。"母亲不喜欢套头的式样,我心里真失望。想把它拆了重织成对襟的,母亲却又把它收起来了。过阴历年,母亲天天蒸糕做饼地忙个不停,我也就没有再提起毛衣的事。到我去上海的那一天早上,起床时,却见一件墨绿色的长袖套头毛衣熨得平平的放在被头上,我诧异地拿在手里,母亲却走过来笑着说:"我把你给我的背心拆了,赶着两个通宵,把你的接上两只袖子,免得你两只胳膊冷。还剩一支多线,你带回上海再织一双毛袜穿吧!"我心里明明是感激母亲对我无微不至的体贴,嘴里却偏偏使性地说:"您为什么要拆掉那件背心呢?您不喜欢,我知道。我也不要穿,背心接出的袖子,绷得胳膊不舒服。"这话明明伤了母亲的心,可是母亲只是唠叨地说:"穿穿看,好歹对付一个冬,明年你有兴致就自己拆了重织。"

"拆来拆去,把绒线都拆坏了。"不知为什么我越说越止不住掉眼泪。母亲把我搂在怀里,摸着我的脸轻声地问:"你怎么了,这么大人了,还是这个样儿。"

"妈,您太疼我,我心里难过。"我只说了这一句,就索性呜呜咽咽地哭起来了……

那是我最后一次伏在母亲怀里哭,最后一次由母亲给我梳好头发,别好白绒花。从那一次别离以后,我就没有再见到母亲了。

回到上海,我马上买了一磅道地的蜜蜂牌藏青毛线,一半是由于感激,一半是由于好胜地想给母亲一个惊奇。我开了几个夜车,一口气就织起一件前面钉扣子、套在袄子外面的毛衣,赶着邮寄回家。这是我生平第一次这样快完成的一件工作。据姨妈告诉我,母亲收到毛衣真是兴奋,她穿在身上摸着、照着,让所有的亲戚朋友看她女儿的杰作。可是她并没有穿多少次,她舍不得穿,下厨房怕上灰,晒太阳怕掉色,只有早晚才套一下。难怪那时姨妈把毛衣交给我时,看看还是崭新的。这些年来,倒是我自己把它穿旧了。我没有了母亲,只保留了这件纪念品。以后每年冬天,我总穿着它,母亲的爱,好像仍旧围绕着我,我不能不怨姨妈和叔叔，为什么不把母亲病危的消息告诉我。他们说那是母亲的意思，她不让我在毕业考试的时候分心，况且那时交通阻隔，单身女孩子绕路回家太危险。她不愿她唯一的女儿为她冒这样大的险。可是她心里是多么想我回家见最后的一面，她望着女儿的毕业照片，含着眼泪说："若不是打仗，她考完就好回来了。"

我在母亲的灵前，痴痴呆呆地听姨妈说了许许多多母亲临终前的情形。我没怎么哭，只是在想着两年前寒假回家匆匆度过二十几天的情景。我并未丝毫预感到那是我在母亲身边最后的二十多天。母亲那么忙，我不曾多陪她说说话，或是帮她做做事甚至倒一杯茶。寒冷的夜晚，我吃完饭老早钻进被窝，双脚伸过去，一个暖烘烘的热水袋已经给放好了。我满意地捧起小说，看一阵子就呼呼睡去了。在梦里我没有知觉到母亲一双冻僵的手在为一家忙来忙去，更没有知觉到最后两个夜，母亲在为我赶织毛衣袖子。现在什么都已经来不及了，母亲丢下她忙不完的事，咽下了她盼咐不完的话去了。我抬头望着母亲的照片，母亲在对我微笑着。一对烛光在灵前摇晃着，香烟袅袅上升，棺木上盖了一条大红绸幛。母亲的灵柩已经移放在橘园一角的小祠堂里，看守橘园忠心耿耿的老长工就住在后面，老长工说："太太爱这座橘园，就让她在这儿，我也好早晚打扫上香。"

我天天徘徊在橘园里，橘子大了，我和老长工摘下最大最红的供母亲。那一对红红的蜡烛照着红红的橘子，还有棺木上渐呈灰旧，然而仍旧刺目的大红绸幛，却衬得那间屋子红得寂寞而荒凉，使我直到现在看到大红的颜色，都会有一种不愉快的感觉。

我想着想着，昏昏沉沉地几乎入了梦境。不知什么时候，我已经躺在床上，枕头上又湿透了一大片泪水了。我爬起来，觉得背脊冷丝丝的，就把毛衣穿在身上，从镜子里面模模糊糊地仿佛望见自己七八年前在山城里穿着这件毛衣给学生们上课的神态。那是一个隆冬的早晨，西北风卷着大朵的雪花，我套上毛衣，撑着一把沉甸甸的大伞，胁下夹着书，迎着扑面的风雪，困难地走过长长一段山路去上课。我紧紧地抓着毛衣的前襟，可是毛衣在大风雪中显得如此的单薄，母亲也似离我更远了。雪花飘在脸颊上，冷冰冰的，我感觉到睫毛上凝着水珠，却匀不出手去抹它。"让学生看见我眼睛鼻子红红的多不好，我得做出像个经得起风雪的样子哩！"我想。

走近课室，隔着雾气迷漫的玻璃窗，我似乎看见每一张脸都在冲着我望。我不由得一阵羞惭，连忙收起伞，挺直了腰肢走进课室。"对不起，我迟到了几分钟，下雪，路太滑不好走。"我抱歉地解释着，那个班长就站起来说道："您再不来，我们就要来看您了，因为我们想您也许又受凉了。"我感激地向她点点头，心里却越加抱歉自己时常因病缺课。我是太容易感冒发烧了。在简陋的山城里，发起烧来就只有喝姜茶蒙着被子闷汗，这还是母亲在我幼年时给我治病的老法子。可是那时候有母亲，什么都不必害怕。想着这些，站在讲台上讲书真有点恍恍惚惚心不在焉的样子，我拉了下毛衣，毛衣被风雪飘得潮潮的，显得特别长大，额前的短发也不时掉下来，我觉得自己的样子一定狼狈极了。下课铃一响，就赶紧回到宿舍，丢下书，躺在床上哭了。

"我那时为什么那么爱哭呢？"我对着镜子自问，"现在，我就不会这样脆弱多感了。"我这样对自己说，因为这许多年来，我经历的忧患多了，不会再为人们一句话、一个眼色而引起连绵不断的感触了。

还记得后来在另一个县立中学教书，寂寞的秋夜，矮墙下虫鸣唧唧，夜风吹着窗外的芭蕉，也吹卷起窗帘。在电力不足的昏黄灯光下，赶着批改学生的作业。我非常爱惜这份辛劳和宁静。有时眼皮困倦思睡，就站起来在屋里踱几圈，泡一盏清茶提提神，再继续工作。我身上就披着这件毛衣。我打开学生的日记，发现有一页写着："我们的国文老师，年纪轻轻的，却穿着一件藏青大毛衣，真像是我们一位慈爱的小保姆。"看到这里，我笑了。

这一件毛衣是母亲留给我唯一的纪念品。我穿起一根绒线，慢慢儿缝着破了的扣子眼。忽然想起用紫红绒线，沿着边缀上一道细花。这样不但别致，而且可以使它焕然一新，我就这样兴冲冲地做起绒花来了。

晒晒暖

我的故乡是浙江永嘉，乡里人管晒太阳叫"晒晒暖"，两个"晒"字，似乎有一份土气，也多一份淳朴的农村情味。说着这三个字，也越加使我怀念阔别十五年的故乡，和在故乡矮墙头上晒晒暖的童年生活。

母亲最喜欢背时令："正月立春雨水，二月惊蛰春分，三月清明谷雨……"我也跟着背。一季有一季的妙景，而我最喜欢的却是一年里最后的四个时令："十一月立冬小雪，十二月大雪冬至。"因为到了冬至就快过年了。而且大雪天多好玩，雪后的太阳更可爱。长工阿荣伯会用稻草给我编一双大小合适的"道士靴"，套在我的蚌壳棉鞋外面，站在雪地里不会滑倒，我就可以任情地抛雪球、打雪人。玩累了，把一双冻得跟红透柿子似的小手,伸在阿荣伯的大棉袄里取暖。太阳出来了,他就把我抱在矮墙头上晒晒暖,又给我垫一把稻草,坐在上面,软软的,也暖暖的。他自己一手捧着火笼(庄稼人取暖用的,是一只竹编的篮子,中间镶一个瓦钵,里面烧着炭火),一手捏着旱烟筒,坐在我身边,给我讲征东征西的故事。

我家后院是一大片旷场,铺了洋灰,是专为晒东西用的。秋收以后晒谷子。九月的天气虽然还很暖和,而我已开始晒晒暖了。其实我是在帮阿荣伯他们摊开簟子,拨开谷子,累得满头大汗。母亲喊我进来,我偏说怕冷,要晒晒暖。

谷子进了仓,旷场边叠起一堵厚厚高高的稻草墙,面向着冬天的太阳,墙脚下摆了几张小竹椅,这里就成了我晒晒暖和逃学的好处所。因为我的笑声叫声,母亲与老师听不见,他们喊我,我也只当没听见。

这时,旷场上晒的已不是谷子而是好吃的东西,那是萝卜丝、霉干菜、番薯丝和番薯枣,都香喷喷的更引诱得我舍不得离开。我每一样都要撮一把塞在口袋里留着慢慢地嚼。尤其是番薯枣,那是母亲的拿手,把番薯整个煨熟,切成长条,铺在簟子里晒,晒得糖黏黏的,再藏在钵子里可以吃一年。我等不及晒透,总是边晒边吃,母亲说有太阳气,吃了肚子疼,我都不管。阿荣伯倒说不要紧,小孩子石子吞下去也化得掉。他还用犁刀刮去新鲜番薯皮给我啃，吃得肚子鼓鼓的。有一次，老师喊我去背书，我才背了一句"齐宣王问曰"，肚子里生番薯作起怪来，痛得跟发痧似的忍不住哭起来。老师偏说我是背不出书，故意装的，拿起戒尺要打，我却哇地吐了一地，他才信了。从此以后，母亲不许我在后院晒晒暖，要晒晒暖只能在前院，她可以看住我。

　　长大点以后，知道晒晒暖的乐趣不仅是偷吃东西，而在一家子老老小小坐在一起打瞌睡、做活儿和说说笑笑。可是父亲回来以后，晒晒暖对我却变成一件非常严肃的事了。一清早，我先在南边走廊下摆好一张藤椅，边上一张小茶几，一张矮竹椅。父亲起床下楼来，就坐在藤椅里晒晒暖。我给他倒好茶，点好烟就去花厅后面玻璃房里捧出一尊尊的兰花，一字儿排在廊檐下，给它们晒半小时的暖暖。父亲要我仔细检查兰花叶子上有没有虫子，如有细黑斑点就用竹签轻轻将它刮去，用干布擦净，再端回玻璃暖房。搬兰花与检查虫子在当时对我是一件苦事，因为我还不懂得莳花的情趣，我只觉得那是父亲命令我做的事，我须认真地做。更有一样，父亲时常要我坐在边上背唐诗或古文，背了还要讲出个起承转合来。老师要面子，就拼命给我填鸭，要我在父亲面前炫耀。有一次我背"吊古战场"文，背得抑扬顿挫，有板有眼，父亲大喜，认为我颇有才华。但我背诗却老是杜甫的

"舍南舍北皆春水"那首诗,父亲恼了,我心里更烦恼,太阳晒在背上不是暖烘烘而是热辣辣的,只觉浑身不自在,恨不得溜到后院去找阿荣伯玩。

可是岁月不待人,一转眼间,父亲鬓边已添了星星白发,我也长大了。战乱中流离转徙,没有一个冬天能够在故乡过着晒晒暖的安闲日子。如今呢,更不必说了。

台湾的天气,农历十一月中旬还得穿单衫,没有一丝冬意,飘雪花与雪后晒晒暖的情味,就只能在梦中追寻。故乡呢,也似乎离得更远了。

烟　愁

　　说到烟，就像怀念着相知有素，阔别多年的老友似的，心头溢着一份亲切而又微带怅惘的感觉。因为我虽无烟瘾，却是个喜欢抽烟的人。几年来，因为喉头过敏性发炎，连这点喜欢都不许再有了。因此，凡遇到抽烟的朋友，我总要劝他们多抽一支，我在一旁闻着烟香，也算是慰情聊胜于无吧。

　　回溯我吸烟的历史，应该从我的童年说起。父亲和二叔烟瘾都很大，不久又来了个远房四叔，他就专捡大人们的香烟屁股，躲到没人的地方去抽，引得我对吸烟也发生了很大的兴趣。我问他："香烟到底是什么味道呢？"

　　"太好了，辣乎乎，香喷喷，你若是会把烟从鼻管里喷出来，那才妙哩。"

我就央求他教我抽烟,教我从鼻管里喷出烟来。他说:"要我教,你就得给我拿整支的好香烟来。香烟屁股太短了,得技术高明的才能抽。你初学,哪儿行呢?"

我知道父亲的好烟多的是。三九、三炮台、加利克,统统锁在玻璃橱里,我又不敢向父亲要,于是就向二叔去讨。

"二叔,给我一支烟嘛!"对二叔,我一向是肆无忌惮的。

"小孩子要什么香烟?"

"不是抽,是摆家家酒,一定要一支烟的呀!"

在二叔面前,我原是个被宠坏了的小把戏,他对我万事有求必应,就连香烟也不例外。他在口袋里掏出一包大英牌,抽出一根递给我。我接过来如获至宝似的跑去交给四叔,他撇撇嘴说:"这样蹩脚的香烟,要大哥的加利克才过瘾哩!"

"拿不到呀!"

"你不会想法子偷吗?"

"我才不做贼呢!"

"拿支香烟玩儿算什么贼?我教你个主意,等你爸爸作诗作得摇头晃脑的时候,你凑上去给他点烟,顺便收一支在口袋里。当着他做的,也不算偷呀!"他是什么坏主意都想得出的,我为了想学鼻孔喷烟,也就答应了。

果然,我从父亲那儿很顺利地拐到一支扁扁的"三九"

香烟，小叔把它点着了，万分珍惜地吸进一口，贪婪地一下吞入肚子，又慢慢儿、慢慢儿地从鼻孔冒出来。他对我说："烟要经过五脏六腑以后，吐出来的就带灰黄色，这口烟才算完全吃下去了。"

我看他吞烟并不困难，随即抢过来使劲吸一口，咽下喉咙，谁知一下子大呛起来，呛得我眼泪鼻涕，头昏脑涨，赶紧把烟扔进了水沟，急得四叔直跺脚。

"你别性急呀，哪有一下子就学会的，起初少抽半口，在嘴里含一会儿就吐掉，慢慢儿就会了。"他说。

烟虽没有抽进，而那三九烟的香味却被我闻到了。真是香，这是我第一次感到香烟原来是这么好闻。于是每逢父亲抽烟时，我总在他身边殷勤地点火，倒茶，借以多闻闻香味。我觉得二叔抽的香烟，都是美丽牌、联珠牌，连大英牌、大长城都难得抽。有一天，我问他："二叔，你为什么不抽爸爸那种烟呢？"

"傻孩子，我们种田人哪里抽得起这么好的洋烟，你爸爸是做大官的呀！"

我偏着头忖了半天，又去问爸爸："爸爸，二叔说你做大官的，一定要抽洋烟，是吗？"

"没有的话。我的烟都是人家送的。"

"那么为什么没人送二叔烟呢？"

"你二叔没出过远门，没有像我这么多的朋友。"

"那么你送一盒加利克给二叔好吗？"

"我常常送他的，他都舍不得抽，收起来了。"

我才知道原来二叔也有好烟，我就一天缠着二叔要那好烟。二叔说："那样好的烟，留着给你二婶心气痛时抽的。"

二婶有"心气痛"的病，大概就是现在所谓的胃病。二叔说好烟可以止胃痛，我就越觉得香烟这东西大有道理，非学会抽不可了。

抽香烟屁股的四叔，烟瘾也越来越大，自从我开始替他拿整支的香烟后，他胃口更大了。常常要我给他多拿几支，我不肯，他就搜集来好多的香烟片，各种各样的图画，跟我交换香烟。他不但会从鼻孔喷烟，还会吐烟圈，大大小小的，一个套一个的，好玩极了。他常常拉我躲在母亲经堂里抽烟。因为这是间密室，除了母亲一日三次上香外，平时没人进来。有一天，我正高兴学得有点门儿了，一丝烟从鼻孔里冒出来。忽然听得母亲的脚步声，我着了慌，把烟蒂往香炉里一塞。母亲进来用鼻子嗅了一阵说："怎么有一股子香烟味？"四叔说："是檀香啊！"母亲瞪了他一眼，从檀香炉里掏出半截香烟蒂子，问："这是谁干的？"我赖四叔，四叔赖我，母亲生气地说："这样小小年纪学抽烟，真没出息。"

听了母亲的话，我心里从此觉得抽香烟不是件正经事。

可是越是大人们不许做的事，偷偷摸摸的越是有味道。幸得父亲不像母亲那么严厉。有时我问他："爸爸，抽香烟有好处吗？"他总是笑嘻嘻地回答我："好处是有的，你现在还小，不要管这个。不过你是个女孩子，长大了最好也别抽香烟，那样儿不好看。"

"好看"对女孩子来说真是件非常重要的事。因此我就不打算真个学会抽烟。这也许就是我以后抽烟始终没有上瘾的主要原因吧。

母亲晚年也得了"心气痛"的病，因而也不免抽支香烟。那时父亲去世不久，她每次抽烟总要念起父亲生前的种种，念着念着，她把烟蒂一扔，叹一口气说："不抽了，烟熏得我直淌眼泪。"

有一次，我晚饭后打开几何三角，就是连天的哈欠，母亲笑着递给我一支好香烟说："抽半支提提神吧！"我吃惊地望着她问："妈，您许我抽烟？"

"偶一为之亦无妨，只要你自己知道管自己就好了。"

母亲会让我用香烟提神，她宠我的程度就可想而知了。因而使我对抽烟更增一番亲切之感。

在上海念大学时，母亲没有在身边，只有姨娘和我同住。她有时也会把我气得"心气痛"起来，我就一个人关在屋里狂抽一阵香烟。此时，我发现抽烟的确可以消愁解闷，而我的胃病，亦已逐渐形成，香烟与我就结了不解之缘。那一段时期，我的烟抽得相当多，但抽烟时的心情大都是沉重不愉快的。尤其是想起童年时在父亲身边拐三九牌香烟的情景，已不可再得。纵容我的二叔，教我抽烟的四叔，都是音信渺渺。一缕乡愁，就像烟雾似的萦绕着我，我逐渐体会到烟并不能解愁，却是像酒似的，借它消愁而愁更愁了。

来台湾的最初几年举目无亲，烟更成了我唯一的良伴。现在想想，住在低洼潮湿的宿舍里整两年而没有得风湿病，香烟应该有很大的功劳吧。

近几年，无缘无故的，时常闹咽喉炎，医生嘱咐绝不能抽烟，我不得不硬起心肠和这自幼相知的好友告别了。

瓯　柑

　　柑子是我故乡的特产,与黄岩的蜜橘齐名。因为永嘉有瓯江江水所冲积的泥层,最适宜于种植柑子,所以叫作瓯柑。瓯柑比橘子形状稍尖,皮亦较厚,但皮上那股子清香味儿,却有胜于橘子。瓤子水分充足,只是吃后回味稍稍有点苦。我就是喜欢那一点隽永的苦味,这是任何其他水果所没有的。

　　现在快到故乡瓯柑上市的季节了,青皮的时候,当然是酸的,慢慢儿就变得又红又甜。每年腊月,我家都要买来好几大箩,仔细地收藏起来,留待明年再吃。收藏的方法是先用青翠的松针,密密层层地铺在小口瓮中,然后把柑子小心地一个个放入,不能碰击,不能用手指攫,更不能重跌在地上，碰跌过的，都要剔出，以免腐烂害了其他的柑子。瓮中再塞以厚厚的松针，压上一块砖头，要等过了年才开启。这项收藏的工作非常重要，如封得不紧，水分跑了，明年就全变成"金玉其外，败絮其中"了。收藏得好，不但次年清明扫墓时可以作祭祀妙品，就是到了端阳节还有得吃。那时的柑子，表皮虽不那么光泽，可是水分一点不减少，而且甜得出奇，也苦得清口，可以解煤烟，去火气。头痛、嗓子痛，吃一两个就好了。

我家老宅旁是一大片柑橘园，绿油油茂密的枝叶，显得一番蓬勃气象。结子以后，扣子似的小柑小橘，更散发着阵阵清香。我小时候就喜欢帮长工们摘去结得太多的果子，一株上只剩若干枚，让它们长得硕大无朋。所以"潘宅的柑橘"成了我乡间闻名的特产。而摘下来的小柑橘，晒干了泡茶喝，可以治疗胃气痛。果子成熟以后，母亲装了满筐满篓的，分赠邻里亲友。这一份送柑橘的差事，又是我最高兴担任的。长工用扁担套上篮子，一头捏在手里，一头放在我的小肩膀上，抬着挨门挨户地送，回来时仍是满载而归。篮子里不是糕饼，就是番薯胡豆等东西，口袋里更装满了花生炒米糖。我喜欢这些吃的，我更喜欢看他们每一张慈和亲切的脸容。

过新年，又是我大量收获的好时光。长工牵着我的手，到各长辈亲戚家拜年，他们给我压岁钱，一定还给我几枚柑子。长工带一个袋子，装得满满的提回来。这就是我的私有财产，不许大人们吃我的。我拿它作为跟小朋友弹豆子的赌本，往往输得精光。有一次，我一个堂叔顺手拿起一个，剥开吃了，我大哭大跳地定要他赔十个。他被我闹不过，只得掏出一块雪亮的老鹰银元给我，才把我哄住了。那位堂叔后来抽上了大烟，穷极无聊，过年时到我家来，不敢见我父母，只悄悄地把我拉到一边，摸出两个大柑子给我说："有没有压岁钱，借我几块，下回加倍还你。"他咧开一嘴的乌牙直冲我打哈欠，我马上掏出两块银元给他。我看了看银元说："这个有老鹰的，跟你从前给我的那个一样，我就还给你吧！柑子我也不要你的。"我不知道当时的心理是可怜他还是讨厌他。他惭愧地收下钱，仍把柑子往我口袋里一塞，就从后门溜跑了。我取出柑子，凑在鼻子尖上闻闻，好像有一股子大烟臭味，就把它扔在水沟里了，这是我唯一丢掉的柑子。后来那个堂叔几乎每年都向我讨压岁钱，我总是慷慨地给他两块钱。我长大以后，寒假回家，见他依旧是穷途潦倒，我问他日子是怎么混的，他苦笑着说："如今是拿柑子也没处换压岁钱了。"我听了心中殊感不忍，就又给他一笔钱。过了几天，他给我提来一篓又大又红的柑子，对我说："如今你大了，还不知道你看不看得起这礼轻人意重的柑子。

不过我觉得这东西甜而后苦,倒颇可象征我的身世。"我说:"人生原是甘苦参半的,这味儿又岂不隽永,叔叔,您为什么不能从甘苦中体味出生活的意义呢?"他摇摇头,叹了口气默默地走了。不久他就离开故乡,下落不明了。

　　说着柑子,不知怎的又想起这些古老的事儿来。只因在台湾这么些年,离故乡那么遥远,不但多年吃不到柑子,也多年见不到亲人。那些琐琐碎碎的旧事,就不免时时萦绕心头了。

一生
一代
一双人

　　为了想布置一下六个榻榻米的陋室,我捡出从杭州带来的几幅书画,打开第一幅正是夏老师送我的对联,写的是:"欲修到神仙眷属,须做得柴米夫妻。"我反复默诵着这充满人情味的短短十四个字,心头洋溢着难以言喻的滋味。是酸辛,是惆怅,更有对老师与师母说不尽的怀念。老师写这副对子送我时,我还没有结婚。因为我几次向他讨墨宝,他就笑嘻嘻地写了这副对子说:"我预先送你这对联,等你结婚以后,就更能体会此中滋味了。"我把对联挂好,坐下来和唐谈起老师与师母这一对神仙眷属的故事,我们又不禁悠然神往了。

　　老师与师母结缡已二十年,而夫妻间的情爱,二十年如一日。令人觉得遗憾的是他们没有孩子。老师常以解嘲的口吻与朋友们说:"我们是一生一代一双人,在这马乱兵荒的年头,实在再简单利落不过了。"师母却不然,有时她因看到邻家白白胖胖的孩子,不免露出羡慕的样子。老师说:"像你这样有洁癖的人是不宜有孩子的,我已经被你约束得够可怜了,如果再有个翻江龙似的孩子,岂不是要被你驱逐出境呢!"师母也深深懂得老师这一片慰藉的苦心。

他们常因家用支绌而喝稀饭,老师一面捻着萝卜干放在口里慢慢地咀嚼,一面以最温柔的语调说:"今天喝稀饭,明天吃起饭来不是更香吗!"师母也向他含笑点首,我却被感动得泫然欲涕了。老师说:"人生的意味,正是要从菜根薄粥中领会出来的。"他的修养之深,由此可见。

老师五十寿辰,同学们设筵为他两位祝嘏。酒过三巡,老师慢条斯理地在袋里摸出一只手表,亲自给师母戴上说:"你每天早上都为我赶上课起得太早,有了这个表就可以安心多睡一会儿了。"师母也掏出一支黑色钢笔,插在老师的衣襟上说:"这是我从旧货店里买来的一支老式钢笔,我知道你是多么需要它,你以后可以为大家写更多的文章了。"他们如此交换着礼物,宛如一对新婚夫妇。在我们如雷的掌声中,师母还口占了一首打趣老师的十七字诗:"先生有三宝,太太钢笔表,莫再想儿子,老了。"博得哄堂鼓掌大笑。

他们有时也不免拌嘴，但并不严重，且充溢着诗情酒意。事实上老师一味云淡风轻的神态也叫师母无法认真，不上几分钟，她就破涕为笑了。

　　有一次，老师陪师母看病回来，医生说她是严重的贫血症，绝对不可生育。老师拍拍她的肩说："你才是一位绝代佳人呢！"这句话可真伤了她的心了。她默默地躺在床上，只是淌眼泪，中午也不起来烧饭。老师只得叫我陪他出去吃面。我们走进附近一家面馆坐下，老师叹了口气说："今天她真的生气了。她身体不好，我实在不该说这话。而且你可知道她的贫血头晕症，大半还是我害出来的呢！"我茫然不懂他的意思。他似乎想起了许多往事，感慨地说："我在中学肄业时，曾与一位女同学互订白首之盟。可是因女方父母嫌我贫穷，不肯许婚，那位女同学竟至抑郁而死。我也由父母之命，与你师母订了婚。可是我于悲愤之余，毕业后远去西北，三年不归。你师母虽为我的迟迟不归忧心如捣，却又不便表露出来，因而郁闷过度而得了这贫血头晕之症。一直等我大学卒业回乡，才勉强与她结婚。婚后才知道她是如此一位幽闲贞静的好女子。我固然是结缡恨晚，而她的健康却因我的固执受了损伤，我的良心上怎么过得去呢？"说到这里，老师忽又转为严肃的口吻说："夫妻之间的情爱，是需要双方以温情细心培养，才能发育滋长的。除了爱，我们更当有一种道义感、责任感。试问患难相依，疾病相扶持，除了夫妻，谁还能更亲切关怀呢？"老师的眼里闪着泪光了。

　　吃完面，他又买了四个肉包子，小心翼翼地用手帕包好，双手捧着走回家来，远远地已看见师母笑脸迎人地倚门等待了。等老师走到身边，她低低问道："你出去后我才看到你的绒线背心没有穿上，外面风大，小心受凉呢！"老师把四个包子塞到师母手心里，轻声轻气地说："不会的，好妻子，你摸摸看，连包子都是暖烘烘的呢！"师母报之以嫣然一笑。我赶紧缩回自己房里去了。

　　现在，我又恍如回到杭州，在西子湖头，重新沐浴着老师和师母春阳般温暖的爱。

阿荣伯伯

如果年光真能倒流，儿时可以再来的话，我一定要牵着阿荣伯伯的青布大围裙，在他睡觉的那间小谷仓里，听他那些讲不完的有趣故事。真的，我是多么怀念着这位儿时的老伴侣。直到现在，他那慈爱恳切而坚定的音容，常常是我寂寞时的安慰、困难中的启示。每一想起他，我就会感到做什么事情都容易得多，也乐意得多了。阿荣伯伯是我家的老长工，在我心目中，他的脸容是非常逗人喜爱的。他的嘴是方方正正的，下嘴唇特别厚，一个翘翘的下巴，无论什么时候，他都好像在笑。一口被旱烟熏黑了的牙齿总露在外面。他自己最得意的是他有两条特别长的眉毛，妈妈说那是罗汉眉，长命百岁，多子多孙。我也最喜欢那两条罗汉眉，趴在他怀里时，就爱伸着两个手指头去捻着它玩。

在祖父时代，阿荣伯伯就来了，那时他是个童工，背着书篮陪父亲上私塾，祖父就是私塾的老师，所以私塾里的情形，最是阿荣伯伯津津乐道的。

我挨了妈妈的打，逃到他怀里求保护时，他就拍着安慰我说："不要哭，伯伯讲故事你听，讲你爸爸挨打的故事给你听。"我睁大了泪汪汪的眼睛，望着他打皱的脸，两手捧着他满是胡须的腮，满心的委屈就好像没有了。

阿荣伯伯告诉我，爸爸小时很顽皮，在学校里领着一班孩子闹，气得爷爷把他关在黑屋子里饿了一整天，也没个人敢代他求情。因为婆婆死得早，所以爷爷常常骂爸爸是有娘生没娘管的，直骂得爷爷自己流出了眼泪，爸爸也哭了，父子俩又抱着在一个被窝里睡着了。可是爸爸在十一岁以后，就好像换了一个人，变得一本正经的大人气了。那时爷爷害了气喘病，整夜靠着睡不下去，爸爸就在旁边揉胸膛倒茶。听人家说只有鸦片治得好，他一个人冒着风雨跑七八里山路去问人家要了点鸦片来给爷爷抽。他又在半夜起床，燃上三支香，在天井里跪下暗暗祝告，用刀子割下自己手臂上一块肉，熬了汤给爷爷喝，可是爷爷还是没有健康起来，爷爷死的时候，爸爸还只有十四岁呢！

阿荣伯伯的眼睛润湿了，因为他是非常爱爷爷的。我想起爸爸那样小年岁就没了父亲，心里不觉也难过起来。我说："爸爸倒是孝顺儿子呢！"阿荣伯伯摸摸我的头说："可不是，所以你一定要做孝顺女儿，好好听爸妈的话，别惹他们生气。"阿荣伯伯说什么我没有不听的，我点点头答应以后一定要做个孝顺女儿。爸爸有时是一个相当严肃的人，对我严，对阿荣伯伯也很少有笑容。我幼小的心里时常想着爸爸对阿荣伯伯未免太冷淡了，可是阿荣伯伯就从来没为这生过气。"你爸爸说我百样都好，"他喷着旱烟笑嘻嘻地说，"就是爱摸几副牌九不好，摸得连个老婆都讨不起。谁叫我这样不争气，也难怪你爸爸不高兴，他心好，劝我不少次了，每回听了他的话我都想以后再不赌，可是过一两天手又痒了。"

真的，阿荣伯伯就是好赌钱，逢年过节爸爸特别给他十几块银洋钱，许他痛快地赌几天。平常时候，只要不是刈稻收租的忙月，他也要偷偷地摸出去赌到深更半夜才回来，妈妈就是他唯一的财神爷，否则他是输得连一双草鞋也买不起了。他的赌给了我不少快乐，因为只要妈妈高兴的日子，我就可以跟了阿荣伯伯，坐在他怀里，看着他们吆五喝六的，又吃又玩好开心。

有一个清早，我因阿荣伯伯头天晚上没带我去，心里生气，噘着嘴问："阿荣伯伯，糖果呢？""还有糖果？输光了。"他也噘着嘴说。母亲笑嘻嘻地又在他粗布口袋里塞进两块洋钱说:"阿荣伯伯,快去翻翻本,讨个老婆吧!七老八十的了,总要个人送送终呀!"阿荣伯伯亲了我一下说:"小春,今晚可要带你这个小财神去翻本了。"

　　夜里下着大雪,阿荣伯伯把我背在背上,撑一把大雨伞,轻悄悄地从后门走出去,反过手来把门闩带上一半,就哼着小调儿走过竹桥到阿金嫂家去。西北风吹得冷,伞背上被雪压得沉甸甸的,我一双手插在阿荣伯伯宽大的衣领子里,暖烘烘地一路到了阿金嫂茅屋里,几个人已经围着赌了。阿荣伯伯坐下来,我坐在他膝头上,手里摸着骰子,嘴里塞着糖果,看阿荣伯伯纯熟的手法把两张牌捧到自己的鼻子尖下一分,啊呀!长三板凳,输了。阿荣伯伯没奈何把一块白花花的洋钱拿出来,换成三百个铜子,一下子就出去了几十个。第二次分牌时,我把阿荣伯伯的两张牌捏在手心里,偷偷一看,虎头梅花,糟,又输了,等大家都放好钱,我慢慢儿把手心伸开来。

　　"嗒!梅花一对,我们赢了。"我喊。

　　阿荣伯伯眯着老花眼睛看了半天,可不是梅花一对?这一下他乐了,伸手把桌面上的钱都摸过来,我心里着实高兴,因为我帮了阿荣伯伯一个大大的忙。回来的路上,我抱着他的脖子轻轻地说:

"阿荣伯伯,今晚你发财了,你要谢谢我哟!"

"小宝贝,你说你要吃什么?"阿荣伯伯搂得我更紧些。

"阿荣伯伯,你知道你是怎么赢的吗?"

"运气好,牌风好呀!"

"不是的,那一张梅花是我换的。"我凑在他耳朵上说。

"小春,你这个捣蛋孩子,你怎么好做这样的事?赌了这么多年,哪个不知你阿荣伯伯输也输个硬朗,偷牌换张的事是不做的,小春你这孩子太害人了!"在雪光里,我看见阿荣伯伯拉长了脸,我从来也没有看见他这样生气过,我急哭了:

"阿荣伯伯,下次再也不敢了,我是想帮你忙啊!"

"好宝贝,不要哭,我没有怪你,明天我把钱算还他们就是了,你要知道,你爷爷和爸爸都对我好,他们就是不喜欢我赌,如果在赌的上面再做些不正当、不光明的事,那更对不起你爷爷和爸爸了。"

"阿荣伯伯,那么你以后连赌也不要再赌不好吗?"我说。

他想了半晌说:"好,我听你话,一定戒赌。"

我们一路说着话儿回来,到后门口,阿荣伯伯伸手进去拔门闩,门已落了锁,再也拉不开,后院那么大,再高声喊门也不会听到。雪越下越大,我鼻子耳朵都冻僵了。

"阿荣伯伯,我冻死了。"

"一定是被你爸爸看见了，才叫他们关上的。"

"怎么办呢？"我怕爸爸打，心里更着急。

"不要紧，我们还是回到阿金嫂家去躲一夜，天一亮就溜回来。"

我无可奈何地又被他抱回到阿金嫂家里，阿金嫂把自己的卧房让给我们。我躺在僵硬的被子里，偎着阿荣伯伯暖烘烘的身子，听茅屋上淅淅沥沥的霰子声，从窗子缝里钻进来呼呼的风声，一种家里睡觉时从来没有过的新鲜滋味萦绕着我，我断断续续做了不少惊险奇怪的梦。天快亮时，我摇醒阿荣伯伯说：

"阿荣伯伯，这地方真好玩，很像老师讲给我听的鲁滨孙漂流记的小房子。"

"什么漂流记？"

"就是说有一个人给大风浪漂到一个孤岛上，岛上什么也没有，他就仗着他自己的本领造起房子来住，他很能干，样样都是自己发明的。"

"这倒是很好，小春，人是说不定的。要是有一天你也是一个人跑到一处陌生地方，没有人看顾你，你也要自己看顾自己的，你会吗？"

"我想我会的，不过我不愿意这样，至少你，阿荣伯伯，你总要伴着我的。"

"我年纪大了,你还这么小,你爸爸妈妈年岁也会老,将来你总要自己撑天下的,小春,记得阿荣伯伯的话,要自己撑天下。"

我紧紧抱着阿荣伯伯的手臂,幼小的心灵里仿佛已感觉到人世将会有许多艰难困苦,而阿荣伯伯的手臂弯就好像是我的安全港!

"阿荣伯伯,你真好,我长大了到哪儿都要你做伴。"

"傻孩子,这是办不到的。就连你自己的爸妈都不会一辈子伴着你,你一定要学得能干点,要样样自己来。"

"哦!"我感到有点渺茫,我还是紧挽着他的手臂。

那一幕情景,深深地印在我脑海中,这许多年来,遇到困难时,我都仿佛挽着阿荣伯伯的手臂,那一只温暖壮健的手臂给了我不少力量。

阿荣伯伯到四十岁还没娶亲,他跟我妈妈说:"你说我多子多孙,我到现在却还是个光老头儿。"妈妈笑着逗他:"阿金嫂不是挺好吗!她丈夫死了三四年了。"阿荣伯伯叹口气说:"好是好,只怕她嫌我穷。"其实阿金嫂可没嫌他穷,她倒是真心喜欢着阿荣伯伯,经妈一说,事情就成了。阿荣伯伯四十一岁做新郎,娶了阿金嫂,妈就让他两口子都住在我家里了。

阿金嫂从前夫那儿带来一个五岁的女孩子,一年以后,跟阿荣伯伯又生了一个女孩子,阿荣伯伯却整天把大女儿捧着骑在肩胛上。他告诉我妈说:"二女儿有娘疼,大女儿没爹了,得格外疼她些。"他两个女儿种牛痘的时候,妈妈送了些香菇给她们吃,阿金嫂却把香菇蒂摘下来给大女儿吃,留着香菇给二女儿。这事件,着实挨了阿荣伯伯一顿教训,说她太偏心,太不懂得做娘的道理了。

我家每年夏秋两季收租谷,爸爸总让阿荣伯伯一同去,因为他慷慨和气,又能体谅爸爸的意思,绝不会倚势凌人,佃户们个个都欢迎他。他回来的时候,收的租谷都只有七八成,长工们爱在父母亲面前说他爱戴高帽子,拿主子的谷子来做人情,可是爸爸说:"你们不懂得,他收的比十成还多哩。"

阿荣伯伯不认得多少字,可是在我心目中,他是个最渊博的历史学家、哲学家。他知道的事真不少,他还会画一手的"毛笔画"。这是我给他取的名儿,因为他拿起什么破毛笔就能画,画桃园三结义、赵子龙救阿斗、陈杏元和番,画得栩栩如生。

他画了,再指着一个个故事给我讲,那些故事,我都听得烂熟了。

"忠孝节义是做人的大道理!畜生也知道这个道理呢!不信,你看狗多么忠,主人如何打它,它也不咬。羊是跪着吃奶的,老虎只认一个丈夫。马呀,你问问你爸爸吧!你爸爸有一匹好马,除了他自己,什么人骑上去都会给翻下来。"

这是他一本正经和我说过好几次的话。他还说:

"你长大了要做个大人物。"

"可是我是女孩子呀!"

"女孩子就做不了大人物吗?花木兰是大人物,秋瑾也是大人物。"

"我不喜欢做武的,我要做文的。"

"做文的就做昭君娘娘,做孟母。"

做什么我都很渺茫,因为我觉得自己实在太小了。

阿荣伯伯生长在朴实无华的乡村里,受了我祖父德性的熏陶,他是个真正善良淳朴的农民。他天生仁慈慷慨乐于助人的性格,也给了我幼年时不少的启迪。长大以后,我益发地感谢他、怀念他。可是抗战胜利以后,我回到故乡就不能再见他的慈容了。阿金嫂亦已老态龙钟。阿金嫂告诉我阿荣伯伯在吃了六十岁生辰的寿面后,第四天就无疾而终了。阿荣伯伯已享有花甲之年,虽不能说"仁者不寿",可是如此一位仁慈的老人,希望于久别归来后,再见他一面而不可得,我心中该是多么哀痛。我默默地从双亲的墓园走到他的墓前,幼年时偎依在他怀里,他对我说的话,又响在耳边:"我年纪大了,不能一辈子伴着你,你爸妈也不能一辈子伴着你,记住我的话,你一定要学得能干点儿,要自己撑天下。"

三划阿王

三划阿王是我们乡里的一个乞丐头子,因为他不是一个"上等人",所以家里除了母亲,都不许我与他多说话。八九岁的"官家小姐"与一个乞丐头子玩在一起,还成个什么体统呢?于是我与三划阿王的友谊只能在暗中进展着,正唯如此,我对三划阿王就格外的真心真意,而他也愈加爱我了。

三划阿王额角长得很高,额上有三道皱纹,两道浅,一道深,深得像刀痕。他说那是当兵的时候给弹片戳伤的。我常常用手指尖摸着那三道纹路念着:"三划刚好是阿王,"他笑笑说,"大家连阿王都不叫,就叫我三划的。"于是我也就叫他三划了。

他的皮肤像黄蜡,眼睛却炯炯有神,鼻子扁而大,茅草似的满腮胡子里翻出两片紫色的厚嘴唇。骤看上去活像端阳节大门上贴的钟馗。可是在我心眼里，他却是一位慈祥有趣的老伯伯，除了老长工阿荣伯伯，再没有人比三划阿王更令我忘忧的了。

说起三划的魄力威风，真叫人不能不佩服，他管理着我们一乡靠近五百名的乞丐。男女老幼记得清清楚楚。有流落的异乡人，无以为生的，到他那儿登记了，他就会分配给他乞食的地区。但必须严守他所定的规则，那就是绝对不许越区乞食，一天内绝不许在同一家人家讨两次，否则被他查出了就要关禁闭，饿肚一天。如有偷窃行为，就要用粗棍子打了以后，再关上一天。全体乞丐，依年龄体力规定乞得粮食的多寡，回到乞丐营里，一起储藏在公仓中，慢慢地过日子。他们行乞的时间是每年的夏天早谷登场与九月秋收之后。春天耕耘播种的时候，三划就拣选体力较健的到平时施舍最多的人家帮忙，除了三餐饭与一顿点心，绝对不收报酬。他们的乞丐营分少壮与老弱两种，老弱残废的乞丐，除了夜里打更，及逢年过节到富户人家"报大吉"（红纸条上印好"大吉"二字，贴在每家的正栋梁上，然后收一升米、两块年糕或两个粽子）、"送财神"以外，就很少出来。少壮营的乞丐就得尽不少义务，服侍老病、携带小孩、整理营房，砍柴煮饭都得由他们轮值工作。他们休戚相关，疾病相扶持，可以说是一个融融乐乐的小社会。他们的营房是由乡长向慈善人家捐助而来，全部交给三划支配。这些钱，一分一厘都用在乞丐的福利社上。他们有组织，有家法，一切井井有条。有什么纠纷或困难，报告头子三划，三划或和平或严厉地解决得他们服服帖帖，没有一个乞丐不是从心里服着三划的。

"三划，你怎么管理得了这许多人，他们有的看上去很凶呢？"认识三划不久，我就不胜钦佩地问他。

"没别的，只要你真心对他们好，就是古书上所说'至诚'与'仁爱'。你还小，没读过古书呢！"

"你读过吗？"我很诧异。

"你当我生来是做叫花的命吗？人都是有廉耻的，到没有办法才干这一行。"三划摸摸乱草胡子，他的话匣子打开了，"我年轻时候，也读过点书，三字经里头一句就是'人之初，性本善'。所以我相信自己是个好人，我们营里的叫花也都是好人，只要你讲好的道理给他们听，叫他们学好。"

"你是谁教的呢？"

"我的爸爸。他是个了不起的读书人，在前清朝不肯做官。长毛乱后（即洪杨之乱），家破人亡，他就带着我到一个小乡镇里坐蒙馆（即教私塾）。我也跟着他读了点儿古书。爸爸常吐血，钱都吃药吃光了，爷儿俩三餐不饱。有时在邻近讨来一碗隔夜饭,还把它熬成了薄粥,热的不舍得吃,直到它冷了,冻结起来,用竹片划成几小块,真饿得忍不住时才拿一块来吃。那味儿有点酸酸甜甜,比你家过年的糖糕还好吃呢!"

他咧开厚嘴笑了。

"你后来怎样去当兵的?"

"爸爸在我十四岁时就痨病死了,我一个人无依无靠,就去庙里当小和尚,煮饭挑水,混口饭吃。老和尚和我爸爸是好朋友,待我很好。他空下来教我念经写字,还教了我许多做人的道理。他说无论修行在俗,都是一样,一个人一定要慈悲为怀,三十三天,十八层地狱都是善恶的报应。我在他那儿懂得了不少。可是二十岁,老和尚又死了,我眼看他的躯壳焚化成了灰,心里感到空空洞洞的很难过。那时正是清朝政府被推翻,革命的声气风起云涌,人都说'好儿不当兵'。我就想好儿才该当兵,为国家出点力,这样在庙里当小和尚,一辈子做寄生虫,怎么行呢?因此就在一个深夜逃出来,一路行乞到广东去投革命军了。我打了几十年的仗,挂了多少次的彩,居然当了排长,可是在一次打孙传芳的大战里,打断了这条腿,我只好退伍了。"

我看看他的腿断在膝盖以上,用厚厚的粗布包扎着,架在左胁下一根结实的木杖子上,走起路来一摇一摆,不由得怜悯地说：

"你这样走路不吃力吗？"

"刚断了腿的时候，我简直气得不想活，后来想起老和尚的话，相信也许是我在战场上杀得太狠，得了这个苦报吧！再想想我既没有死，总得想法子活下去，我究竟还有一条腿和两只手，比有些同志还强得多呢！于是我就学着用木杖走路，起先很苦，慢慢儿就好了。"他叹了口气，又露出胜利的笑容说："人总是这样的，随你怎么大的困难，咬紧牙，总挺得过去的。"

"你真行。"我摸着他厚厚的背脊，心里越发地敬佩他了。

他又伸出左手给我看，原来还缺了半截食指。

"这是怎么伤的？"

"给蛇咬的。"他说，"退伍以后，就回到乡里在山上搭一间茅棚，天天砍点儿柴卖。有一天扒细柴，被蛇咬住了，咬下了这个指头。可是我还是用柴刀把它砍死了，幸亏不是毒蛇。从那以后，我就专门学捉蛇，因为蛇皮可以做好些用处，蛇肉可以吃，蛇胆可以当药。我分得出哪种是最毒的蛇。越是毒蛇，胆越是好，肉也越是鲜。"

我听得浑身哆嗦。他笑笑说："别怕，狠的东西你也得对它狠，老和尚慈悲为怀的话，有的地方是用不通的。不过我立下一个愿心，要救给蛇咬伤的人，你不知道，毒蛇咬了要致命的。我爸爸有本草药书,我就拿来细心研究起来,到处找蛇伤草药,越找越有兴趣,就连治百病的草药都采了,你不信,我还会接骨呢!"

三划一点也不吹牛,他真是个妙手回春的好医生,我一个堂弟跌断了手臂就是他接好的。他内外科、小儿科、妇科都行,几服草药就见效。乡里没有好医生,三划就成了穷苦人家的救星。有钱的却少找他,他也不愿给他们治,因为他说有钱人的病,不花钱不会好,他们常常不是几剂草药救得回来的。

三划的一生像传奇,他故事讲不完,我也听不厌。有时把我笑得弯腰曲背,有时又听得我眼圈儿红红的想哭。我每天做完功课,就跑到后门外稻田边等他,家里有什么好吃的总要拿些给他。过年的时候,我把母亲特别为我做的猪油白糖年糕拿一大块给他。

"三划,这年糕糖多,你自己留着吃,不要分给大家了。"我轻轻地说。

"不能那样的,我们有什么好的大家吃,有苦也大家当。不然我就不配做他们的头儿了。"他一本正经地说。

春风和暖的三月天,麦田里一片菜花香,我爬上半山,采了一把红红白白的杜鹃花,捧回到溪边,洗了脚坐在大石头上,摘下一朵朵杜鹃花,抽去当中的花蕊,放在嘴里慢慢儿嚼着酸味,一面翘着头,远远望三划是不是来了。三划的秃头从飘动的麦浪上露出来,他撑着木杖一拐一拐地来了。

他在溪边拉了根常春藤,编成一个圈子,将杜鹃花一朵朵插在上面,变成一只美丽的花环,套在我头上。

三划打开他的饭箩(乡下人出门盛饭用的),一满箩的山楂果子,一颗颗嫩红晶莹,有的还带着翠绿的细叶子,三划说:

"给旁人,我就是三箩果子换半升米,给你,一粒米也不要。"

我敞开口袋说:"喏,我也有好东西给你吃呢!"满口袋里是香喷喷的炒胡豆,这是三划最爱吃的东西,他哈哈大笑了。

我们一面嚼着山楂果与炒胡豆,一边讲故事,直吃得牙都酸了,还缩着脖子,皱着眉头吃,三划摸摸我的头,唱着:

"小姑娘,大肚皮,扑通扑通像只小田鸡,看有哪个儿郎讨你才稀奇。"

"没有人讨我,我就做个白姑娘(天主教堂的修女,乡人都称白姑娘,常为贫苦病人服务),跟着队伍上战场。"我也拍手唱起来。

"上战场做什么?"

"看护伤兵。"我看看三划的断腿。

他若有所思地问：

"说真的，你长大了要做什么事？"

"爸爸要我好好地读书。女孩跟男孩一样，我哥哥死了，他把我当个男孩，我想将来要开个残废养老院。"我看三划的断腿。

"对，好好读书，'立大志，做大事'，我爸爸从前也常常这样教我的，可是我不争气，落魄当了叫花头。"

他幽幽地叹了口气，我心里很难过，只呆呆地望着他。他头顶上飘着稀疏的几根头发，已由枯黄而渐转灰白，黄蜡似的脸上满是皱纹。他一只手扶着木杖，似乎显得吃力的样子。我觉得自己是那么幼小，微弱得没有一点力量可以帮助他。他渐渐老了，又是孤苦伶仃的一个人，再老下去又怎么办呢？

"三划，你今年多少年纪了？"我问他。

"四十岁了，你呢？"

"我还只有十岁。"

"再过十年你就是二十岁了，二十岁的'闺阁千金'可不许跟叫花头三划阿王玩了哟！唉，那时我也老了，还不知道是不是活着呢！"

"一定活着，你人好，妈说好人一定长命的。"

"长命没出息，有什么用呢？"

"我看你很有出息，你有一颗好心，给人治病不收钱，还带领这一大群流浪人。"

"可是过了多少年后，大家都散了，谁也记不得我了。"

我知道三划心里很寂寞，赶紧安慰他说：

"不会的，大家都记得你，我更是一辈子也忘不了你！"

"真的？"他的眼睛亮起来，"小春，你是个好孩子，你长大以后，要上外路（外路就是到大都市或省会去）读书去。读好了书，回家乡来做一番事业。这世界不太公平，许多好人在受着苦，你若是有力量，记住要为好人多做些事，那时我还活着的话，我会乐死的。"

我深深为他兴奋的精神与深切的期望所感动，他说的每一句话，至今仍铭我心版。可是在我恰恰二十岁高中毕业的时候，就听到了三划去世的消息。家里除了妈和阿荣伯伯，没有人再记得他，而他们又远在故乡。我怀着一颗凄怆的心，无人可诉，只暗暗地为他饮泣多日。

记得最后一次见三划是在念高一的时候，寒假回故乡，第三天正吃晚饭时，阿荣伯伯远远地对着我用手指头在额上划了三下，我知道是三划阿王来了，赶紧放下筷子奔出去。三划在后门矮墙头上坐着，木杖放在一边，我骤一见他，眼泪几乎涌出来，因为他已衰老多了。

我跑上去喊了声:"阿王!"

"哦!怎么不叫我三划了,陌生了吗?"他的厚嘴唇在乱蓬蓬的胡子里张开着,可是他的笑是凄然的。

我有点不好意思,因为我已十八岁,而三划又是个老人了,我应该对他表示点敬意心。

"这多年您好啊!"我问他。

"不行了,到底老了。"

"您的朋友们呢?"我还记挂着他的乞丐营。他低下头没有作声。阿荣伯伯告诉我年时不景气,大家都没像从前那样乐善好施了。所以三划把他们团体解散了,各奔前程。可是从那以后,乡里小偷就比以前多了。

三划举起枯黄的手,摸了摸几乎光秃的头顶,看看我又看看阿荣伯伯,似乎有许多话,又不知从哪里说起。

"你还给人医病吗?"我又问他。

"如今他们都相信打针了。"他的嘴角浮起一丝讥讽的苦笑。

"您今晚在我家吃饭吗?"

他摇摇头说:"不,我从来不在人家里吃饭,我就要回去,我的茅屋就在那山背后。"

"我们这多年不见,要多谈谈,妈也记挂您呢!"

"你们一家都好。"他露出感谢的笑容,"多谢你,我过几天再来,今天看到你就很高兴了。"

他还是走了,过几天,他果然又来了,给我带来两大篮的番薯。

"你喜欢的山楂果现在天冷还没有。"他说,"这是我自己种的番薯,山上番薯比平地的甜得多,你吃吃看。"

我没法形容心里对他的感谢,只默默地在篮里拿起一串大番薯,新鲜的泥土香一阵阵送进鼻子。

母亲做了特别香软的猪油糖年糕,由我跟着阿荣伯送给三划阿王吃。我们绕到后山,到了他住着的小茅屋里,他简直快乐得像个小孩似的在屋里团团转,还频频用手背去擦眼睛。我偷偷看见他的眼圈红了,我的喉头也似哽着什么。阿荣伯伯手指着茅屋门前的一片番薯垄说:"这都是他自己种的。"

"就这一亩多的番薯,夜里还有小偷来偷。"三划叹了口气说,"都是穷苦人啊!有一次给我捉住一个,还是给他几斤番薯放他走了。"

他一拐一拐地走到田里,一条腿蹲下去,用手挖起两个番薯,提着走回屋子,用刀削了给我吃。

"这是家乡泥土里长出的宝贝东西,要记得常常回来吃哟!"他说。

阿荣伯伯告诉他我的肠胃不大好,母亲不让多吃生冷。他摇摇头满不以为然地说:

"小春,别忘了你是个土生土长的孩子,身体第一要练得强壮,别养得娇滴滴的,将来还做得了什么大事业。"

他与我们讲得很多,告诉我别后的情形。

回来时他撑着木杖,我扶着他慢慢地走,他直送我们到溪边的竹桥上,我才劝他站住了。他以充满期望的眼睛看着我说:"小春,你小时候说的,读好了书,回家乡来办养老院,别忘了给穷人多做些事哟!"

我点点头,却不知何以作答,因为我眼中已噙满了泪水。

我们渐渐走远了,我回头望他,粉红色的夕阳,投在他枯黄的脸上,照明了他满脸的皱纹,也照见了他满腹的忧伤。晚风吹着他乱蓬蓬的短须不时飘动,也吹得我眼睛微微酸痛。

几天后我们迁居城里,寒假期满又回到杭州,行色匆匆,竟不及与三划阿王道别,谁知就此缘悭一面,便成永诀了。

我现在常常记起三划阿王那一副与艰苦疾病饥寒挣扎的顽强神态,我更听见了他充满感伤与热情的语音:

"小春,别忘了常回来吃家乡的番薯!""小春,长大以后,要为好人做些事。我还活着的话,我会快乐死的。"

可是我碌碌半生,不曾做一点值得告慰他的事。叫他怎么快乐得起来呢?

月光饼

月光饼也许是我故乡特有的一种月饼,每到中秋,家家户户及各商店,都用红丝带穿了一个比脸盆还大的月光饼,挂在屋檐下。廊前摆上糖果,点起香烛,和天空的一轮明月,相映成趣。月光饼做得很薄,当中夹一层稀少的红糖,面上撒着密密的芝麻。供过月亮以后,拿下来在平底锅里一烤,掰开来吃,真是又香又脆。月光饼面积虽大,分量并不多,所以一个人可以吃一个,我总是首先抢到大半个,坐在门槛上慢慢儿地掰闻嚼,家里亲友们送来的月饼很多,每个上面都有一张五彩画纸,印的是"嫦娥奔月""刘备招亲""西施拜月"等等的图画。旁边还印有说明。我把这些五彩画纸抽下来,要大人们给我讲上面的故事。几年的收藏积蓄，我有了一大沓。长大以后，我还舍不得丢掉，时常拿出来看看，还把它钉成一本，留作纪念。

我有一个比我只大两岁的表姑，她时常在我家度中秋节，她也喜欢吃月光饼。有一次，她拿了三张五彩画纸要跟我换一个饼，我要她五张，她不肯。两个人就吵起来。她的脸很大很扁，面颊上还长了不少雀斑。我指着她的脸说："你还吃月光饼！再吃，脸长得更大更扁，雀斑就跟饼上的芝麻那么多了。"这句话真伤了她的心，就掩面哭泣起来。把一叠画纸撕成片片的扔掉，我也把月光饼扔在地上，用脚一踩，踩得粉碎。心里不免又心疼又后悔，也就"哇"的一声哭起来，母亲走来狠狠地训我一顿，又捧了个刚烤好的月光饼给表姑，表姑抹去眼泪，看看饼，抬眼望着母亲问道："表嫂，您说我脸上的雀斑长大以后会好吗？"母亲抚着她的肩说："你放心吧！女大十八变，变张观音面。你越长大，雀斑就越隐下去了。"母亲又笑笑说，"你多拜拜月亮菩萨，保佑你长得美丽。月光饼供过月亮，吃了也会使你长漂亮的。"表姑半信半疑地摸着月光饼面上的芝麻，和我两个人呆愣愣地对望了好一会儿，她忽然掰下半个饼递给我说："我们分吧！我跟你要好。"我看看地上撕碎了的画纸与踩烂的饼屑，感谢万分地接过饼，跟表姑手牵手悄悄地去后院里，恭恭敬敬地向天上的月亮拜三拜，我们都希望自己长大了有一张观音面。

表姑长大以后,脸上的雀斑不但没有隐去,反而更多了。可是婚后夫妻极为恩爱,她生的两个女儿,都出落得玫瑰花儿似的。我们见面时谈起幼年抢吃月光饼和拜月亮的事情,她笑笑说:

"月亮菩萨还是听我的祷告的。我自己脸上的雀斑虽然是越来越多,而她却保佑我有一对美丽的女孩子。"

台湾是产糖的地方,各种馅儿的月饼,做得比大陆上的更腻口,想起家乡的月光饼,那又香又脆的味儿好像还在嘴边呢!

中秋节,一年又一年的,来了又过去,什么时候回家乡去吃月光饼呢?

孩儿经

小楠无缘无故地半夜里爬起来，吹喇叭似的大号大哭，任你千方百计哄他也不睡。你若是不理他，他更哭上了瘾，越哭越有劲儿。我怕吵了邻居，禁不住心头冒火，重重地打了他几下屁股。他却说："你啊！就没有做母亲的耐心，也不想想自己小时候是怎么折磨母亲的，让我来想个办法。"于是他慢条斯理地起来，找了张红纸，用毛笔在上面写了两行大字，告诉我说："把它贴在电线杆上，让过往的行人都念上一遍，孩子就会乖了。"说着，他就用他那道地的四川口音念道："小儿夜哭，请君念读，小儿不哭，谢君万福。"他有板有眼地念了一遍，小楠居然停止了啼哭，耸起耳朵来听，他得意地说："你瞧，他已经不哭了。"话犹未了，小楠把鲢鱼嘴一扁，"哇"的一声又哭了,嗓门儿比原来的还要高。他笑着摇头说:"不灵了。你且试试你的,来一套你中学时代学的蝴蝶的摇篮曲吧!"

摇篮曲我可哼得不成腔,我倒是记起小时母亲给我念的许多经来。母亲会念很多经,太阳经、灶神经、干菜经、萝卜丝经、孩儿经……每一种经我都能背得朗朗上口。尤其是孩儿经,母亲念的次数最多,我也最喜欢听。母亲总在我睡觉的时候给我念,她说孩子听了孩儿经,长大了就会孝顺。我当时并不懂得什么叫孝顺,只觉得母亲柔和委婉的声音非常悦耳,我听着听着,就很安心地睡着了。

于是我学着母亲给我念孩儿经的声调,一句一句地给小楠念起来:

"孩儿孩儿经,亲生孩儿有套经,抱在怀中亲又亲。轻轻手儿放上床,轻轻脚儿下踏凳,轻轻手儿带房门。门外何人高声喊,摇摇手请莫高声,只怕孩儿受惊哭,只愁孩儿睡不沉。孩儿带到一周岁,衣衫件件破前襟。孩儿养到七八岁,请来老师教诗文。孩儿长到十七八,拜托媒人来说亲。讨了亲,结了婚,亲爹亲娘是路人。有话轻轻讲,莫让堂上爹娘得知音。爹娘吃素凭你面,没块豆腐到如今。娇妻怀胎未满三个月,买来橘饼又人参。爹娘要你买块青丝绢,声声口口回无银。娇妻要买红丝帕,打开银包成千银。"

孩儿经真有催眠作用,孩子打着哈欠,小手儿抓抓头,揉揉眼睛，不久就呼呼地睡着了。我听自己的声音仍在继续地哼着，恍惚中，我似乎听见了母亲的声音，柔和中却带着一分凄凉，我心头不禁也感到一阵凄然，我想起了自己孩提时候的淘气，想起母亲为我所受的折磨。

我小时候是个出名的"哭泣猫"。白天哭，晚上上床哭，三更半夜更要哭，非得母亲抱起我，在屋里转上个把钟头，绝不肯再睡，直到四五岁时还是这样。严寒的冬夜，母亲解开羊皮袄子的前襟，把我紧紧包在怀中。一面摇着走着，一面念孩儿经。外面下着大雪，白皑皑的雪光照得屋子里亮晃晃，我睁大眼睛，看帐帘上五彩丝线绣的麒麟送子图，嘴里也跟着母亲哼。母亲拿脸贴着我说："宝宝快睡吧！你看外面下大雪，好冷啊！"我觉得母亲的腮帮子是凉冰冰的，可是我的手伸在她怀里却是暖烘烘的，我打着哈欠，很舒服地摇摇腿儿，什么时候睡着，就得由我高兴了。

记得有一次母亲生病进了医院，我半夜醒来，蒙胧中摸摸身边是空洞洞的，佣人没有陪我，我就大哭起来，边哭边揿床头的电铃，揿了很久没有人来，我哭得冒了火，捏着电铃不放手地揿。不一会儿，那个被我吵得更冒火的佣人，气冲冲地跑进来，揭开被子狠狠把我一顿打，一声吆喝，转身就出去了，我反倒被吓得不敢作声。第二天，我跑到医院里，扑在母亲身边委屈地哭个不停，我说："妈，没有你，我怕啊!"母亲捧着我的脸说:"别怕,宝贝,你若是睡不着,就念孩儿经,经会保佑你不怕的。"

以后的几个夜里,我真的就咕哝咕哝的,把母亲教我的经,从头到尾地背。我觉得最有趣的还是孩儿经,我听着自己的声音,心里想着母亲,居然就睡着了。

母亲出院回家,亲着我安慰地说:"宝贝,你已经慢慢儿长大了。以后没有妈在身边,也不会怕了。"

是的,我慢慢儿长大了。长大点以后,我也略微知道母亲的辛苦,不再那么淘气了。老师教我读二十四孝里伯俞泣杖的一段故事,我也感到母亲的身体似乎一天天衰弱下去,谈话的声音也越来越低微,我有点恐惧,深恐会有一天失去母亲,我再也不敢惹她生气了。

可是母亲抚养我到长大成人,就与世长辞了。树欲静而风不定,母亲竟未能享受一日的菽水之欢。浑浑噩噩的,我已经步入中年,我虽然无日不思念母亲,却不曾真正体味到她老人家当年养育我究竟有多么辛劳。如今自己有了孩子,每夜为他三番四次地起床,他哭了我心焦,不知他是冷了还是饿了。孩子入梦以后,我常常失眠睁眼到天亮。我细细地体味孩儿经里的词句,方懂得这里面包含了母亲多少酸辛的眼泪。现在我既已无法报母氏罔极之恩,只有将此无限亲情,赋予我的孩子了。

红花灯

　　朋友送小楠一盏兔子灯,小楠高兴得直蹦直跳,他爸爸替他点上蜡烛,他牵着小兔子在地上徐徐爬行,参加了巷子里一大群孩子的提灯行列。

　　我倚在大门边,看满巷彩色绚烂的灯,飞机、船、蝴蝶、关公刀,各色各样的,真是美不胜收,而孩子们快乐天真的笑语声,越发令我神往。

　　每年的新春灯节,我总不大愿意开门出去看看灯。原因是那美丽的灯影太引我怀念远不可接的故乡,怀恋永不能再回来的童年。今年却有些不同,小楠长大些了,也会玩灯了,看那粉红色的灯光,照耀着他圆圆胖胖的脸蛋,嘴笑得小木鱼似的合不拢来,仿佛我自己的童年也回来了。

小时候，每年正月初五六，外祖父就要给我送来一盏他亲手糊的花灯。赶着初七夜迎神的提灯会。外祖父会糊好多种样子的灯，蝴蝶、蜻蜓、船、鼓子，一年一种新花样。红纸外面再贴上用金纸剪的福禄寿喜，我提着这盏亮晃晃的灯，真是高兴极了。

　　正月里不是雨就是雪，迎神的那个晚上，好像总是下雪的时候多。可是村子里的迎神典礼是非常隆重的，雨雪再大，也是一样举行，大红灯、鞭炮、烟火，照耀得半边天都是红的。外祖父也老远地冒着风雪，从山上赶下来，为的是陪我提灯。他一手打一把大伞，一手牵着我，在湿漉漉的小街道上追着热闹的迎神队伍向前跑。外祖父五十多岁，却是健步如飞，我问他怎么会走得这么快，他笑笑说："吃番薯丝的走路就快。"我信了他的话，也要母亲给我多吃番薯丝。直到现在，我还是有走快路的习惯。每于一个人风雨夜归时，进入深巷，听伞背滴答之音，就常常会想起外祖父牵着我跑路的情景来，只是手电筒的亮光，却远不及外祖父给我糊的红花灯那么柔和可爱了。

　　正月初七和二月初一，是我家乡最热闹的两次庙会，也是我最快乐的日子，因为外祖父一直住在我家，有他护着，母亲不常打骂我，老师也不好多管教我，我就得以自由自在地玩个畅、吃个饱。买零嘴鞭炮的钱，可以向外祖父取之不尽，还可存点起来以后花。看庙戏的时候，我坐在他膝盖上，啃完了甘蔗就呼呼大睡。记得有一次演的是封神榜，小小的戏台上挤满了和尚道士和假扮的大牛大象。锣鼓喧天中，我看得出了神，问外祖父哪个是好人，哪个是坏人，哪个要把哪个杀掉。外祖父说："好人和坏人相打，起初常常是好人吃亏，可是好人总归是会打赢的。"幼小的心，对于好坏并没有太清楚的观念，但是外祖父说的话我一直很相信。长大以后再想想，又觉得不尽然了。

台上看厌了，就望台下打扮得花枝招展的姑娘，看她们大襟上缀的小电珠纽扣一闪一闪的，我就想要。外祖父答应明年一定给我做一件缀电珠纽扣的红缎袄。他常常给我许好多心愿，但每年给我的却总是那盏简单而美丽的红花灯。

戏散后，外祖父肩上背着条凳（故乡看庙戏是要自己带凳子的），手牵着我走回家去。路上已积了厚厚的雪，外祖父的钉鞋和我的高统小皮靴踩着雪，发出窸窸沙沙的声音。粉红的灯光映在雪地里，看前后左右朦胧的人影，一个个摇晃着过去。转进了巷子，就只剩下外祖父和我两个人了。有一次，他忽然放慢脚步，紧紧捏着我冻得冰冷的手说："小春，外公年年给你糊花灯，年年陪你看戏，你长大了要上外路读书，新年可别忘了回来打着灯笼，扶我去看戏哟！"我说："我长大了请你坐大轿子，前前后后打四盏大红灯笼。"

他呵呵地笑道："那我不成了土地公公啦！"

我长大后从没请外公坐过大轿子，连打着灯笼陪他看一次庙戏都没有过。因为抗战期中，我一直不在故乡，学校毕业后回家，外祖父已老迈得哪儿也不想动了。尤令我伤感的是老屋廊前的大灯笼，上面的红色"潘府"二字已换成蓝色的，连新年里都不能挂红的，因为父母亲相继去世不久，廊前再不能挂红灯笼了。

灯，无论是字眼的音调，和它本身的形状颜色，都是十分逗人遐想的。童年的情景一直摇晃在梦一般柔和的灯晕里。

人一到了中年，欢乐与哀愁就好像混合在一起，迷迷糊糊的有点分不清了。不然的话，为什么如今每每对着应该欢笑的场合，反而眼睛润湿起来呢？

我呆呆地站在巷口，看孩子们喧闹着穿来穿去。小楠跑来，把小白兔牵到我面前喊道："妈妈，蜡烛没有了，我还要。"我在口袋里摸出一支小红烛，擦了火柴给他点上，小白兔的腮帮子、眼睛、耳朵全是红的，灯光透过，分外的好看，它又在不平坦的石子路上一跳一跳爬行起来。我牵着小楠慢慢地走回家门口，寒冷的夜风吹着我，我心中在想着故乡的迎神提灯会、庙戏，雪地里的红花灯与外祖父温暖的手，不由得把小楠的手捏得更紧了。

风　筝

在碧绿的草坪上,我拿住小小瓦片风筝,孩子牵着线,一拉一拉的,风筝摇摇晃晃,冉冉上升了,可是一会儿又落了下来,孩子懊丧地说:"妈,我的风筝好小哟,我要你给我买个大的。"

"要多大?"我问他。

"要这么大。"他张开两手比着,"跟喷气机那么大。"

"好,我给你买。"我再帮他放,这会儿上去了,越升越高,越高越小,蔚蓝的天空,银白的云朵,映照得它一闪一闪的发光。我眯起眼睛看着。孩子在我身边蹦跳、拍手,我的心好轻松、好快乐。我仿佛回到了童年,在风暖花香的院子里,在刚刚刈去麦子与油菜花的软软田野里,与我的小游伴们放风筝。也是这样蔚蓝的天空，银白的云朵，映照着无数的风筝闪着点点白光。

我希望风筝永远不停地上升，童年的梦永不要醒。

梦境里又出现了我们的龙灯头儿阿多叔。因为他给我们做风筝，教我们如何使风筝飞得高高的。他是我最敬爱的一位"小长辈"。

嗯，"小长辈"。他的打扮就是十足的小老头儿——长辈样，一件褪色的蓝绸大褂，一双黑布鞋，前头翘起，后跟倒下，像条龙船。头上不用说是红顶瓜皮帽。刚来我家时，他总不脱帽子，他说为了礼貌，后来我才知道是因为头顶长个疮。我还问他：

"阿多叔，你为什么要穿长衫？跑路多不方便？"

"穿长衫才像个读书人。"他一本正经地说。鼻子里两条浓鼻涕一进一出地直冒。

"读书人哪会流鼻涕呢？"我又笑他。

"没办法，是被爸打伤的。"他叹口气说，"我哪有你做独养女儿的命好。我常常挨打，但我一定要好好读书，将来好做番事业。"

我点点头，心里很佩服他有志气。他虽是那么怪模怪样的，我却非常喜欢他。我的朋友们也喜欢他。他给我们做各种各样的漂亮风筝。带我们去田野里，替我们放上天空。用大石块把线压住,然后坐在田岸边仰着头看。风筝在高空中闪耀着银白的光影,时隐时显。我的心也像飘得那么高,逍遥自在到了万分。阿多叔又不时套上几个五彩纸环;它们沿着线飞快地上升,发出嘶嘶的声音。天渐渐暗下来了,他仍不收起风筝,却用小小的红纸灯笼套上线轴,灯笼又上升了,它们并不熄灭,在夜空中闪着点点红光。可真美啊,我永不会忘记那梦一般的景象与阿多叔脸上得意的神情。从放风筝这件事上,我就佩服他比我们都聪明能干,于是我们捧他为龙灯头,他带着我们花样翻新地玩。

他比我大两岁,弟兄一共五个,他最小。叔祖父母都不喜欢他,所以给他起名阿多,是多余的意思。他们不让他念书,要他看牛、砍柴、下田、帮做纸。他样样都会,可是他心里只想念书。他家住在山里,离我家七十里,每回他挑纸到镇上来卖,就向我借儿童故事与作文文范回去慢慢地啃。不认识的字就去问看祠堂的叔公,这样他慢慢儿认了不少字。常常用墨炭在粗纸上写信给我。我还老三老四地用红朱笔给他加圈。有一次,他的信给我父亲看见了,很高兴地说这孩子有志气,就让叔祖父送他到我家来,和我一同跟老师读书。

他只念了两年书,老师夸他记忆力特别强,又肯用功。可是叔祖不让他再念,逼他去城里一家钱庄当学徒,他万分懊丧地去了。他给我来信说:"当学徒真苦,做的是刷马桶、倒痰盂、擦水烟筒等卑微的工作,还要侍候先生们打夜牌,常常通宵不能睡觉。可是我不怕苦,我还能偷空读书。我时常从小角楼的天窗里望着天上眨眼的星星,只想伸手把它们摘下来。又好像这些星星都是我们放风筝似的放上去的。人总不能没有一个美丽的梦,你说是吗?"他熬了三年的学徒生活,乃以同等学力考取县城高中。并以成绩优异的清寒学生,请准免费学额。我父亲要帮助他,他都不肯接受,他清早替报馆送报,赚来的钱还寄回家去。那时我在杭州念高中,我们一直通着信,他读书涉猎甚广,各方面常识都比我丰富。可惜的是他高中毕业就没能念大学。因为他几个哥哥都病的病、死的死,叔父母要他在家照料,不能去外路读书。毕业那年,他曾陪同叔祖到杭州玩。我看他穿一身整洁的学生装,蓄一个平顶头,文质彬彬的,与小时候穿长衫冒浓鼻涕的样子,已判若两人了。我们一同去游城隍山,在庙里买了个风筝,站在山坡上放起来。风筝乘风扶摇直上,他脸上露着微笑,却又似透着一丝怅惘。

他就在故乡县城一个小纸厂里工作,不久回到山城,自己经营造纸业,将山里人的土法予以科学的改良。由于过人的毅力与智慧,他的成绩是斐然可观的。可是尽管他的事业还算顺利,他内心却是空虚的、不快乐的。因为由于叔祖的顽固，他没有能与心爱的女孩子结婚，一直过着独身生活。他变得更深沉寡言，脸上总抹着一丝淡淡的、忧郁的笑。

在故乡的一个清明节，我陪他在田间散步，他忽然豪兴发了，买了个蜻蜓大风筝来放，谁知怎么也放不上去。他笑了笑说："大概是年龄大了，风筝也载不动我们沉重的心事了。"我不知怎样说好，也只有对他笑笑。

我望着空中飘翔的风筝，想着阿多叔现在的心事，不知比当年要重多少倍，恐更不是小小的风筝所能负载得起了。

"妈妈，您站着不动干什么？为什么不说话呀？"孩子拉着我的衣服问。

我蹲下身子，捧起他红扑扑的小脸，告诉他说："妈在想自己给你做个大风筝，然后放得高高的。妈小时候有个叔叔教过我的。"

何时
归看
浙江潮

我的母校之江大学位于杭州最幽美的风景区，钱塘江边，六和塔畔，秦望山麓，占全世界风景最佳四大学的第二位，是美国教会在中国创办最早的一座学府，当我第一次爬上松荫夹道的斜坡，再跨过一片翠碧的草坪，仰首见巍巍大堂正中金色的"慎思堂"三字，即不由肃然起敬。想到自己今后将研读于斯，衷心自不胜喜幸。

离母校屈指已二十年，而母校灿烂的光辉，轩昂的气宇，却时时在照耀我、指引我，使我更怀念苦心培育我的老师们。我仿佛又回到钱塘江边，受那万顷波涛的洗礼，顿觉有一股浩气，充沛于胸臆之间。钱塘江这一条千变万化的江水，我爱之胜于西子湖。我每于升旗早操后循着幽径，一口气跑到江边,凝眸远眺,清晨江上雾气未散。水、天、云、树,于迷蒙中隐约不可分。晨曦自红霞中透出,把薄雾染成了粉红色的轻纱,笼着江面。粼粼的江水,柔和得像纱帐里孩子梦中带笑的脸,一天的希望与欢乐都开始了,我一直要望到阳光照得我的脸与身子由暖烘烘而发热,才跑回宿舍去吃早餐。

傍晚,我尤喜散步江滨。潮退时,就坐在滩头,看赶筑钱江大桥的轮渡,忙碌地载运着沙石与桥墩。偌大的工程,眼看它逐日完成,年轻人的心,有着无限兴奋与新奇之感。想起幼年时读地理,听老师讲钱塘江的故事,说第一个潮头是伍子胥,第二个潮头是文种。我伫立桥心,望着滔滔江水,亦不免有"前不见古人,后不见来者"的苍茫之感。

我印象最深的是那一座庄严的礼拜堂,幽静肃穆,墙上爬满深绿的藤萝。我虽到现在仍非教徒,可是那铿锵的钟声,似仍微微震荡着我的心弦。那时,常是清晨的钟声催我起床;夜晚,从图书馆倦读归来,钟声驱散了我一天的疲乏。直到现在,我都没有忘记与钱塘江波涛相和的钟声。不知钱塘江潮水是否因愤怒而更加澎湃,而母校的自由钟声,是不是还能再鸣呢?

秦望山上四季的野花芳草,给我编织了不少美丽的梦。春日的杜鹃,深秋的红叶,于夕阳映照中,其美丽有胜于西子湖堤三月的桃花。我们常在课余上山采集花草，乐趣盎然。记得有一次上生物课，马区教授看我们要打瞌睡，忽然放下粉笔说："走，我们爬山去。"于是我们都莫名其妙地跟着他跑上山。他叫我们看见什么花儿草儿，只要是美丽的、喜欢的就采，采回来，压好了做标本。"对植物有兴趣的记上种类科目，喜欢艺术的就任意排成各色图案，题上我们得意的诗句。"马区教授真是一位风趣且懂得调剂学生身心的好老师。他说得一口道地的杭州土话，我问他："马老师，您来中国多少年了？"他拍拍我肩头说："比你还早好多年。"因为那时他来中国已经将近三十年了。

我果然把许多鲜花红叶，排成图案，订成一册，这本富于纪念价值的小册子，离校后一直随身携带。偶尔翻开看看，娇姿丽质，虽已翠减红消，可是回首少年时，依旧情景历历。所遗憾的是这本册子没有带来台湾。

距学校三里外的"九溪十八涧"，是脍炙人口的名胜区。一条平坦的石板路，直通幽远的溪流。这是夏老师最喜欢去的处所。他时常带我们这几个"得意门生"到九溪茶亭闲坐。一盏清茶、一碟花生米与几块五香豆腐干，就可消磨尽日。我们赤足在潺潺的溪水中捡石子，夏老师依栏闲吟，诗成后传诵一时。

故乡、母校，都在遥远的那一边，追忆欢乐的学生生活,尤引人无限乡愁。但不知哪一天可以再登秦望山头,听松风鸟语,看江水长流,使名山胜迹,重放秀气灵光,则母校弦歌,又可再起了。

倒　账

流年不利，我们赖以生息补贴家用的一笔钱，被一位相交多年、相知有素的朋友拖掉了。这影响对我们升斗小民来说，真是非同小可。我们得从无可紧缩的开支中，再求紧缩。把应有的娱乐享受减到最低度，两月来仍不免陷于捉襟见肘的窘境。想想以往每月都可定定心心地向那位朋友去收几个利钱来花的小康局面，如今不可再得，心中实在懊丧。

"风吹鸡蛋壳，财去人安乐。"朋友们都这样劝慰我，我当然不应过分为身外之物的钱财而心疼，可是想起四五年来一点一滴积蓄的过程，我是无论如何也难释然于怀的。因为在这一段辛勤的岁月里，我们累积起来的不仅是钱，我们更孕育着一个美丽的希望。以今日公务员的待遇，积蓄真不是一件容易的事，所以我们格外珍惜这笔血汗钱，想把它用来实现我们"伟大"的计划。我们不敢贪高利，更不敢起投机的妄念。于是就托这个可"信赖"的朋友，以他自己的名义，在某公营事业机构的福利社里，稳稳当当地存款取最低的利息。谁又想到我们竟是轻信了人家呢？如今，飞逝的岁月无可挽回了；希望随着破灭了，要想再从头来起，似乎已不复可能，我为得破甑不顾似的，无动于衷呢？

  我不禁想起小时候有一次，我的辛苦积蓄被偷的事来。当时那一股子心疼的味儿，和现在非常像。记得母亲给我一个福建漆的美丽木匣子，里面分三格，正好分别装铜元、角子和洋钱。匣子没有锁，我把它放在枕头边，每晚临睡时，都要打开匣子，小心翼翼地数一遍有多少钱了。钱是母亲和长辈们给我买糖果玩具的，我舍不得花，铜元积满三十枚，就向母亲换来一枚银角子，十枚银角子又换取一块大洋钱。雪亮的洋钱真好玩，我煞有介事地学着大人用两个指头夹着洋钱，放在嘴唇边呼嘟一吹，发出"嗞"的一声长音，然后叮叮当当地敲一阵，再放在匣子里。父亲笑我从小学做守财奴，长大了要不得。母亲却认为要养成我节俭积蓄的好习惯，便须从小做起。可是有一天晚上，当我打开匣子时，我的十块大洋钱统统不翼而飞了，我"哇"的一声大哭起来,捧着匣子在母亲面前直跺脚。喊着:"我不要,我不要,我要你赔。"母亲望着匣子,露着一脸的严肃。半响,她用手帕揩去我的眼泪,柔声地说:"别哭,哭有什么用呢,是你自己不小心丢的,妈也不能赔你呀!"我哭得越加凶了,把匣子扔在地上说:"我不要了,统统不要了。"我心疼的不是钱,而是那么多辛苦积蓄的日子。父亲笑着劝母亲就再给我十块银元,免得闹了。母亲却不肯,她说:"我不让她觉得那么容易就可拿回她失去的东西。她既肯花那样多日子耐心地节省起来,以后她还是应当那么做的。"我听了她的话,似懂非懂。咬咬嘴唇皮,拾起地上的匣子一声不响地走开了。心里恨恨地想:"你不赔我,我就自己来,我将积得更快呢!"果然,我以后越发省了,记不得有多久,十块大洋又积起来了。后来,我发现钱是我家一个长工的女儿偷的,我非常生气,母亲却把我拉在身边轻轻地说:"你不要声张,她很可怜,没有妈,不像你要什么有什么。你要对她更好些。"幼小的我,那时并不懂什么是同情怜悯,但我确是听从母亲的话,没有当众宣布她是贼。这段小小的往事今日给了我不少启示。我懂得积蓄的目的不仅是为钱,而是为培养勤俭有恒的美德。这种美德是不应当为小小的打击而捐弃的。而那偷窃或侵占旁人金钱的人,必有其可悯恕的原因,我应当记取母亲的话,以宽大的心原谅他。

我还记得在念高中时，有一天放学回家，看全家都垂头丧气的，我心里纳闷。偷偷问厨子老刘，才知道是一家银行倒闭，倒掉我父亲大半的财产。我一时不敢多说话，几天后，陪父亲到湖滨散步，我想出一句话来问父亲："爸爸，您可记得我小时候积钱，您骂我是守财奴？那时候，我想着被偷的十块钱真心疼，所以我现在很懂得您心里难过的程度。"父亲笑着拍拍我的肩说："你说得很好，我倒想得开，去劝劝你妈吧！"于是在夜里，我又对母亲说："妈，您给我的福建漆木匣子我还保留着呢，您要我帮您积钱吗？"母亲诙谐地说："你爸爸现在所有的钱，还不止你当年十块大洋那么多。人，要那么些钱做什么？只要够吃穿，一家子身体健康就好了。"

这些琐碎的往事，现在咀嚼起来，便觉得特别有滋味。得失只可视作生活的点缀，实不应为此郁郁于怀的。更何况我们这次的倒账，换得的是金钱所买不到的欣慰。第一，朋友们的关切帮忙，使我深深感到友情的温暖可贵。第二，丈夫的态度，尤使我心中感激。当我们得到坏消息以后，他到处奔走设法，想多少能挽回一点，那种忙碌和急迫的情况，我当初真担心他会累病了。谁知他倒是坦荡荡的，露着一脸的冲和气象，胃口反显得特别开了。"多跑跑路，专心一意为一件事情忙，心无旁骛，吃起饭来更香了。"他笑嘻嘻地说。平日，一大清早，我总要问他喜欢吃什么菜，他总是心不在焉地回答个"随便吃好了"。而我也实在想不出什么好吃的菜来。倒账以后，我不忍心再以此琐事烦扰他，只悄悄地计划着价廉物美的菜给他开胃。平时想不起来的，或想起来而懒得搞的，这时候都一样样地烧出来了。也不知从哪儿来的灵感，会使我这个懒妻子一下子变得贤惠起来。他每顿吃饭，看到新鲜菜总夸一句"真好，你真会烧菜"。这些赞美是过去很难得听到的。平时，我的长年胃病在他似乎已是司空见惯，而这次，他深恐我因倒账而胃病大发，因而对我也格外关切了，处顺境，两下里往往为小事吹毛求疵，遇到点儿不如意事，反显得相依倍切了。

我们固然都甘于过淡泊的生活。但有时逛逛街，总不免掀起点小小的欲望，他想买条好领带啰，我想买副漂亮耳环啰。而在选择花色式样时，两个人常常会因意见分歧而起争执，东西买不成又呕一肚子的气，现在呢？这些奢侈的念头全打消了，一心一意只求每月的收支平衡、身体健康就是无上幸福了。

"塞翁失马，安知非福。"这不是阿Q精神，而是我们中国人可贵的幽默感。生活如果太需要希望来支持，希望破灭时会受不了空虚之苦。过分生活在现实中，又觉得太无情趣了。我们不妨以幽默闲适的心情,度着平稳而现实的生活,不为将来做太多的打算,也不为过去而留恋懊丧。我们已懂得如何来安贫守拙,更懂得在贫与拙中,如何来享受无边的家庭乐趣。

失　眠

　　一个月来，我为失眠所苦，在一夜的辗转反侧，头昏脑涨之余，脾气就变得不大好了。

　　失眠确乎不能算是病，也没有哪一位名医能根治这种不是病的病。他只能告诉你："这是因为你的生活太忙、太紧张，精神发生障碍，你必须静心休养，放松又放松，以精神治疗精神。"话是这么说，可是要一个失眠后精神本来就不太正常的人，在抑郁忧焦之余，来实行自我克制的功夫，却是谈何容易。苦恼的是像我们这种人，说起来什么道理都像懂一点，却样样都是半瓶醋，古圣先贤明心见性的至理名言，各派宗教的伟大思想，心理学、病理学，乃至于医学上对治疗失眠的理论与临床经验，镇静剂安眠药的种类与作用等等，说来似乎头头是道，这就使名医为之束手，只好由你自生自灭了。说起自我治疗，我也什么方法都试过，做祷告、念经、打坐、读枯燥乏味的书、数数，最后我甚至数心跳，数得手心额角直冒冷汗。而那些白天里从来想不起的懊悔事儿，这时都一齐涌上心头。在黑黝黝之中，我望出去的世界是灰暗绝望的，在家人沉甜的鼾声中，我感到：人，即使至亲之人也是残酷无情的。于是我想起从前母亲对冷漠的父亲抱怨说："你呀，睡得像条死牛，哪知道我睡不着人的苦。"我更想起她终年惺忪的"泪"眼。唉，不能想了，再想下去，我的枕边又将湿上一大摊。如果母亲在世的话，我就可扑在她怀中，撒开地哭一阵，可是母亲呢？她怎么会想到当年扶床绕膝，吵得她不能片刻安宁的女儿，今天也得了和她同样的失眠病呢？而我却连抱怨的话都不想出口呢！

我曾买来一本失眠自疗手册，封面上就印着两行大红字："损害女性美，没有比失眠更残酷了。"这对于一个中年女人，虽不至太触目惊心，究也不能无动于衷。因为失眠催人老，那是毫无疑问的。我想如果我行年未五十，而已经是视茫茫、发苍苍起来，除了和朋友们在一起比皱纹深浅、比黑斑多少，我可以得冠军以外，就没有什么足以自豪的了。

为了失眠，我也曾请教过几位名医，他们的理论我都会背了，我如果拿这套理论去劝慰一位失眠的朋友，我一定说得比医生更动听、更深切些。因为我身受失眠之苦，多一份同情，自非隔靴搔痒者可比。何况医生的时间即金钱，他手执钢笔写着前一个病人的病历表，嘴里问着后一个病人的病情。病人的诉苦千篇一律，所以只需颔首，不必细听——态度无妨客气，神情务须冷漠，保持名医风度。因为再一表示关切，病人的话更要滔滔不绝了。病况既然差不多，开出来的药方也就大同小异。每天早晨服两粒，临睡服两粒，睡前洗个温水澡，多作户外散步，少用脑力……然后一个失眠病人就很快地被打发出了诊室，再放进第二个愁眉苦脸的同病者。

在服药无效之后，我想起了几年前一位朋友送我的一枝高丽参，那时我总以为自己还"年轻"，不应该吃这样贵重的补品，就一直藏到现在。每年夏天拿出来晒晒，冬天也拿出来晒晒，然后凑在鼻子尖上闻闻香气，再用棉花裹好放回匣子里，似乎可以招财进宝。现在，我可要把它蒸来吃了，一定可以百病消除、延年益寿。我拿到中药铺请他帮我切一下，并配上一钱西洋参。我问他这一枝参可分作几次吃，他看了我半晌问我："你今年贵庚多少？"我告诉他已经四十开外了，他点点头说："那么你可以分作两次吃。"我才知道吃参虽不必年高德劭，却要有个基本年龄四十岁。但我仍觉得分两次太费，就把它分三次，每晚用冰糖隔水蒸一碗参汤来喝，那一股子甜中带苦的清香味儿，直沁心脾。我得声明，长这么大年纪，我还是第一次喝参汤，老女佣说："太太，你出世都没喝过，今天喝了一定灵，一定一觉到大天亮。"她把包参的小红纸拿去，说是泡在花生油里擦头可以长头发。参既有如此神效，我喝后上床就一心想着："可得好好睡哟，你喝过参汤啦，连渣都嚼下去啦！"就这么越嘀咕越精神，眼睛在黑暗中睁得大大的。我想起小时候看母亲喝参汤要炖过三道，我还眼巴巴等着吃那第三道炖下来的渣，却从没补得睡不着觉过，今晚一口气连汤带渣都吃下去，一定是太补了。

  大清早上，他一面洗脸，一面有板有眼地笑我说："你的病，大夫治不了，参汤喝不好，我就说你是庸人自扰。睡不着就睡不着，那表示你并不需要那样多睡眠，紧张什么呢？你一不紧张，反倒睡着了。"他的话简单明了，原不可厚非，但出之于他那硬邦邦的四川口音，听来令人冒火（失眠者本来动不动就冒火）。正说着，他在镜子里忽然发现自己额角上有一小撮白发，他喊起来："糟了，我已经发现白发了！快替我拔掉。"于是我也学着他的四川调儿慢吞吞地说："北（白）了就北了。那表示你需要长白发，到了二毛之年啦!紧张啥子嘛!"他气呼呼地说:"你呀!一种望人穷的心理,真要不得。"我笑笑说:"我不但希望你头发白,还希望你有一天也患失眠症呢!"

他耸耸肩膀,对我做个苦笑说:"但愿你不幸而言中,到那时,你就没得可怨的了。"

水灾
与
皮球

迁住永和镇以后，朋友们见面都关心地问："你那地点会淹水吗？"我得意地摇摇头说："丝毫不必担心，因为是楼房，我的一幢又夹在当中。既不怕台风，又不怕地震，可说是'风雨不动安如山'了。"一楼一底的简陋房子，经我们一个多月的惨淡经营，虽不能说美轮美奂，却也相当满意。下班回家，坐在比原来宿舍大二分之一的会客室里，喝喝冰水、看看报，亦颇悠然自得。

岂知刚刚才悠然了半个多月，一场从天而降的大水，几乎把我们人都冲跑了。这不能不说是惊人而且奇怪的水灾，使我对这"风雨不动安如山"的楼房，几乎失去了信心。

九日下午那一场浩雨，雨量之多，是历年来所少见的。

按常理，排水沟不畅，屋子进点水，原也不足为奇。奇怪的是水从楼上涨起，楼板上水深三寸，害得我们走投无路，五岁的孩子吓得都喊起救命来了。

　　大雨初降时，我正庆幸可以睡个凉快的午觉。躺上床还不到五分钟，只见楼壁天花板接缝处忽然射进一根水苗，正射在书橱上，我们连忙拖书橱，笨重的书橱寸步难移，第二根水苗已经不客气地倾注在床上。我如果抽去新买的台湾席子，褥子一下便湿透，若连褥子一起挪开，床下的家当——两只大箱子就立刻遭殃。手忙脚乱中，还是费尽平生力气把箱子背到较安全的一角，又动员所有盆子接水，满了就往阳台外倒。孩子在一旁拍手大笑大叫："啊！涨大水好好玩哟。"我恨不得揍他一顿却腾不出手来。雨越下越大，甘蔗板一块块都浸透了水。裂开大口，塌下一半，四五根水苗合并成三道倾泻的瀑布。情势之险，真有如万马奔腾。接水盆已完全失去作用，只好眼巴巴望着它冲个痛快。霎时间，一幢楼房，顿成泽国。水从楼梯往楼下灌。楼下的甘蔗板每块都摇摇欲坠。两只挂灯灯泡装满了水，落下来摔得粉碎。满地的玻璃碎片。我一面抢救在水中冲洗着的收音机和壁上挂的画，一面得喝止孩子不许踩水，怕他刺伤了脚板心。此时，天昏地暗，雨越加的排山倒海而至，前后门水沟里涌进黑水，楼下的水亦是往上涨。被水泡烂的泥土一块块掉下来。我绝望地呆立着,怀疑这幢偷工减料的房子会不会垮下来。我想打把伞让孩子站在门外,可是,雷电交加,又太危险。那情势,就如同我们一家人都漂浮在死亡的边缘,不知雨什么时候会停,水什么时候会下去。我不禁喃喃地念:"菩萨保佑,不要再下雨了。"孩子也害怕了,叫了一阵救命,就合掌闭目,一本正经地祷告起来:"阿门天主耶稣降福我,保佑不要涨大水。"我看看这只小小落汤鸡的可怜相,又心疼,又着急。

就这么楼上楼下地奔,足足奔了两个小时,雨才渐渐停止,而我们已经灾情惨重,不可收拾了。一问右面邻居也是同样情形,幸不及我们严重。

雨过天晴以后,他就去接洽避难所,打算迁地为良。只见房东胖太太,迈着困难的鸭子步儿,操着生硬的国语,结结巴巴地说:"你们看,是皮球呀,皮球塞在落水管里,水流不下去啦!"她手里捧着个大花皮球。身上衣服撕了半边,露出比皮球更紧绷的厚背脊。"皮球,皮球,"她不停地喊,"哪个坏孩子踢上去的,该死,该死。"

不知是哪家的顽皮孩子,原来还在一旁看热闹,此时早一溜烟地跑了。听说这家父母平日教子有方,时常把他关在洗澡间里痛打一顿,今天他们却没有打他,只把他关起来,怕是遭受这场无妄之灾的人家会拿他来出气。

知道水灾的原因以后，只有自认倒霉，来收拾这狼狈的残局。可是满目的支离破碎，要善后真有无从着手之感。他捡起被水泡烂了的落地台灯罩子，撕去破纸只剩下一个铁丝架，仍把它套在灯头下，歪着头欣赏着说："很好很好，这是印象派，最新式的灯罩。"我捧着水渍烂斑的一幅字，念着上面的诗句："一笑横流容并涉，安知明日我非鱼。"与现场恰得巧合之妙。注上写着："市楼坐雨，与琦君剧谈抵暮，归途积雨没胫，念西湖此时，正万叶跳珠也。"这几句话，又不禁引我悠悠遐想起来。六月的西湖，骤雨中的荷花又是什么样子呢？

正在想着，忽听孩子喊道："妈妈，我也要。"

"你要什么？"我问他。

"我要大花皮球，跟刚才胖妈妈手里那个一样的。"

"儿子，可别玩皮球，玩皮球就要涨大水呀！"

他乌溜溜的眼睛愣愣地望着我，还没搞清楚水灾和皮球究竟有什么关系呢！

小金鱼与鸭子

23

一时兴致，从菜场买来两尾小小的金鱼，放在水盆里，游得挺活泼。他看了却说："你又给自己添麻烦了。金鱼顶贵族气，要吃一种虫子。水得时常换，水的温度要保持正常，骤冷骤热都不能适合。它又怕强光，须放在幽暗之处，像你这种养法，不到三天准死。"我听了深悔不该买它，但又不能把它丢弃，只得换个较大的盆子，养着再说。

在同一时候，邻居郑太太买了八只小鸭子，乌黑的小绒团在后门水沟边蹒跚地摇来摆去，黄黄的小嘴一起在钵子里啄着饭和蔬菜。傍晚，郑太太手拿竹竿，尖起嘴唇"啰啰啰"地呼唤它们，它们就很听话地张开小翅膀，连飞带跳回进窝里。我每天倚在后门口，眼看它们一个个地长大了，郑太太更是满脸笑容。

"您养这一群鸭子不麻烦吗?"我问她。

"不麻烦,和你养金鱼一样,是一种兴趣。"

我听了倒挺高兴,因为她既为兴趣而养,这一群鸭子最后不会被宰了。可是,我想得多傻,她立刻接着说:

"你养金鱼专供赏玩,我养鸭子却是实惠的,逢年过节,选几个肥的来宰,比市场卖的合算多了。"

我虽向她点点头,心里却着实不舒服。那么活泼的小鸭,对它们的主人充满了依赖与信任,它们怎么会想得到,天天端一大盆子饭菜喂它们的人,有一天会拿刀子戳进它们的脖子呢?

从此以后,我每天以悲悯的心情望着小鸭,它们越长大得快,我越替它们担忧。

邻居们走过,都以欣羡的口吻说:"郑太太,你的鸭子长得好大啰,八月节可以杀来吃啰!"郑太太回答:"是呀,八月节可以吃了,过年更肥了。"我连忙关上门,不忍再看这一群即将面临大劫的鸭子。回头看看自己盆子里的小金鱼,它们正在上下戏逐,极为悠游自得的样子。我在水面撒下点面包屑,它们小嘴一张一合地吞着,从不躲避我。读书工作之余,看看它们,颇得一份悠闲的情趣。

有一天,我买了点小虫子给它们吃,它们竟摇摇尾巴躲开了。原来它们已甘于淡泊的生活，而且变成素食主义者了。这些小虫子使人起鸡皮疙瘩，它们不吃我真高兴极了。

转瞬已三个多月了，小金鱼显得更活泼，并没有像他说得那么娇弱。没想到这小小的生命，也能在此小天地中安贫乐道起来。在此三个月中，郑太太的鸭子也长大了。有时我也把剩菜剩饭喂它们吃，它们见了我都围上来。可是我看到它们，心情总有点儿沉重，因为它们不像金鱼可以悠游一辈子，而已经是来日无多了。

记得幼年时随母亲去猪栅边喂猪那一股臭味虽熏人欲呕，而看它们"嗒嗒嗒"地吃得那么高兴，也觉非常有趣。母亲眼看猪仔长大了，算着过年的日子，算着猪肉的斤数与价钱，脸上露出了笑容。她虽吃斋念经，但依习惯过年时不能不宰猪。她曾叹着气告诉我说："猪要宰的那天，早上给它送东西去，它就不吃了，畜生还是有知觉的。"我非常难过，就央求母亲道："我们不要宰它，去街上买肉来吃好吗？"母亲笑道："买来的肉不也是猪宰的吗？"我茫茫然的不知怎么才好。幼稚的我，当时还曾发愿心说长大以后要吃斋呢！

吃斋戒杀谈何容易，少贪一点口腹的享受，也就算能体天地好生之德了。

中秋节过后，后门水沟边的鸭子已少了好几只。剩下的仍在迈着矮胖的身子散步。它们何尝知道日夕相处的同伴已经被煨烂了端上餐桌。回看我的小金鱼，它们撒开柔软的尾巴在碧绿的水草中穿来穿去，就是庄周惠施，也不能体会到它们的悠游之乐。我深幸它们的命运远胜鸭子，得免于刀俎之灾。我更默祷人类能尽量发挥仁慈的本性，爱惜到最最细小的生命。佛家说得好："为鼠常留饭，怜蛾不点灯。"如真能有此伟大博爱精神，不但社会上不会有这许多残杀案件，就是残酷的战争也可以避免了。

然而我知道这是痴人说梦，一个永远不会实现的梦！

休假记

八字里注定是劳碌命，每逢休假一定出点事儿，不是女佣走了，就是他或孩子病了。再不就是我自己胃病大发，卧床"不起"。今年我特地把假期分成三次休，心想该好些了。谁知第一次休假的当天晚上，我就发高烧，接着是一整星期的失眠。假期满了，睡眠也正常了。第二次是巧逢波密拉水灾加上十年来第一次犯香港脚，狼狈情形可想而知。现在是第三次，我原打算痛痛快快地玩乐两天，然后静下心来读读书写写"文章"。哪知休假的头天晚上，女佣对我说："太太，你休假了，我也要趁此机会回家休息一下，你另外再找人吧！"我原不十分满意她的工作情形，就此满口答应。我想三餐饭也还简单，孩子整天上幼稚园，去上班时把前后门一锁，我也学学英子，不要佣人，落得省下一笔可观的钱。更有一个原因，就是我觉得他太少劳动了，上下班交通车到巷口，只走几步路，吃好饭碗筷一丢就扭开收音机拿起报纸。难怪孩子说："爸爸是看报用的，妈妈是做饭用的。"现在没佣人了，我忙于打扫洗刷，他也不好不动员起来，活动活动筋骨。头一两天，他做得很有劲。还说："没佣人真清爽，屋子里收拾得纤尘不染。你亲手炒的菜又可口好吃，电锅煮饭更是香喷喷。"可是没到第三天，他眉头皱起来了，捫着心口说："不行不行，我饭后绝不能劳动，胃里像结了块石头，不消化。"我问他："那么饭前做呢？"他摇摇头说："更不行，空肚子做事冒酸水。"我苦笑："好啦好啦，咱们是穷人的命，富贵的病。还是死心塌地找佣人吧！"

于是我跑介绍所，拜托朋友，一星期过去了，仍没妥当的。我每天在家忙厨房，等佣人，来一个就教她做事，看看不行又打发她走。如此一连三天，我真烦了，仍想咬咬牙自己做。我就催他投保窃盗险，因为中和乡小偷已到了猖獗的地步。他却说事情忙，过几天再说，哪有那么巧，小偷就守在门口了？就此一天拖一天，一直拖到我们的后门锁被扭断，小偷登堂入室，破开衣橱门，卷走了他四季全部西服。现在是曲突徙薪，后悔也来不及了，还说什么呢？

那天是星期六，邻居一位小姐结婚，我去吃喜酒。他带了孩子买皮鞋看电影。临走前,他在后门口有商有量地跟我说:"我们看完电影要八点多才回家,你呢?"我说:"我也差不多,我们也许可以在车站碰头呢!"这几句话,无异告诉小偷,我们家从六至八时唱空城计,你在这段时间里来从容下手吧!

当我八时半喝完喜酒回家,从前门进来,一开灯,见厨房里满地的旧衣服和空衣架,吓得我舌头打了结。奔上楼一看,衣橱门大开,他的西服已全部不翼而飞。我浑身都软瘫了。热心的邻居赶紧替我报了警。警察来了,问我衣服的质料颜色新旧程度,我简直想不起来。这时他和孩子还没回家。我急得在屋里团团转,越想越伤心。我的天,为什么我们这么倒霉?为什么他这么辛苦添置的衣服要被偷?天马上冷了,他穿什么呢?邻居太太劝慰我:"别太难过,也许追得回几件,小偷心还算公平,没把你的一起卷走。"她们的声音在我耳边嗡嗡地响,我完全呆了。

好容易挨到九点半,他才牵着孩子,捧着面包,一摇一摆地回来了。一进门,他也呆了。我哭丧着脸问他:"怎么办?你的衣服全光了。"他到底比我镇静说:"别急,慢慢想办法。"他就去派出所了。

孩子捧着皮鞋匣子说:"妈妈,你看爸爸给我买的新皮鞋。"

"还看皮鞋呀!爸爸的衣服全偷光了。"

他拾起地上自己的衣服说:"小偷呢,小偷为什么不要我的衣服呢?"

"不要啰唆,快洗脸洗脚睡觉去。"

"我不要,我要等爸爸抓小偷回来。"

"小偷早跑了,爸爸去警察局告诉警察。"

"警察会帮我们抓小偷呀,那我长大了也要当警察。"

我已经没精神理他了,马马虎虎给他洗了脸和脚,把他按上床。他亲了我一下说:"妈妈不要难过,老师说考第一名可以拿奖金,我拿了奖金给爸爸买新衣服穿。"

"你的奖金哪儿够呢?"

"等我长大了还会赚钱,赚了钱再做嘛!"

"我的儿子,等你长大给我们做衣服,我们都要冻死了。"孩子的天真,叫我哭笑不得,我亲了他一下,叫他好好睡。他又说:"妈妈今天别关灯。黑黑的,小偷又会进来把我偷去哩,我被偷走了,你就要哭了。"

看他半懂不懂的样子,真令人心疼。

他回来后,我埋怨他不该不早去保窃盗险,他埋怨我不该举棋不定,不能不用人又想不用人。你一句我一句的,若不是我紧急刹车又会吵起来。现在正是患难与共、和衷共济的时候,吵是千万吵不得了。

第二天,介绍所送来一位"阿巴桑"。只要她长了眼睛鼻子，我就把她留下了。可是言语不通，连做带比的非常吃力。我想主要的是看门洗衣服，做饭我就自己来吧。等我做好饭，她捧着肚子说："太太，娃八多添（肚子痛）别晒呷崩（不能吃饭）娃爱呷面。"我点点头说："好吧，你要吃面你就煮面吃吧！"她说："娃八多添，别晒煮，你煮啦！"我只好忍着一肚子的火给煮了一碗面，她边吃边赞赏："太太，放点味素晶好呷。"

第二天一早，我起来冲牛奶，她才慢吞吞地爬起来，抱歉地说："生病卡艰苦。"我问她："你生病怎么能出来工作呢？"她摇摇头说："婴仔卡多，头家卡派（坏），没法度啦！"

她说着又捧着肚子坐下了。我冲好奶，叫她自己煮泡饭吃，她说："太太，你呷牛奶，娃呷豆奶。"

"什么豆奶？"我问她。

"豆奶你都莫栽央！"她大不以为然地摆着头。我才恍然她说的是豆浆。我赶紧给她十块钱说："这是你的工钱，你拿去吃豆奶，吃了就别再回来了。"

"娃免登来啦？"

"免了免了。"

她有点恋恋不舍地提着包袱走了。我望着她的背影叹了口气说："我也真艰苦，没法度啦！"

假期已过了大半，佣人仍未找好，我忙碌依旧，失窃以后，忙得更不带劲儿。奇怪的是他倒动作迅速起来，早上也有工夫来帮我洗杯子端牛奶。我问他："你怎么勤快起来了？"他笑笑说："倒不是勤快。一百零一套衣服，没得变花样，时间就省下来了。"

我心想倒也好。可是打开橱门，空空如也，想他平日对着大镜子换衣服，配领带，打了这条又换那条，满床满椅全是他的东西，我真有点生气。现在呢，厚香港衫上面一件旧上装，连领带都懒得打了。我觉得他可怜兮兮，只得用那句老话安慰他说："旧的不去，新的不来，慢慢儿标个会，再做一身吧！"

"个老子，不做啦。"他的家乡话冒出来了，"当个公务员，穿穿卡其布中山装最好。再不讲究什么'打窟窿''爹爹隆'的料子了。"

我忍不住笑了。

晚上，一位朋友冒雨而来，给他送来一套他自己的秋季西服说："先救救急，总比没有好。"

他试了下，太小，像马戏班里的猴儿打拳。我又忍不住笑了。

可是无论如何，这一份雪里送炭的深厚友情，使我们感到，我们虽然是被窃，却仍是富裕的！

橡皮日戳

　　五十是一个完整的数字，几年前，我就曾对自己"期许"过：到了五十年，我应该拿得出一点对自己交代得过的成绩。可是现在，五十年的日历已翻到了最后的一页，我，却依旧是空空如也。"一岁所余只此夕，明朝又是百年身。"岁尾年头的感慨且不必说，而心头这一份怅恨与惭愧，更是难以言喻的。

　　我是一个公务员，每天到办公室，第一件事是翻过一页案头日历，然后把我的橡皮日戳转过一天。日历有时懒得翻，而橡皮日戳却非转不可。因为我必须在收下的公文上盖日期。每当我转那小齿轮的一刹那，心中的味儿很不好受。转过去的日子再不会回头，我又白白过了一天。"时代的巨轮"就这么永远往前转,我越加被丢在后面了。有时候,同事们看到我几天未翻的日历,笑笑说:"你的日子怎么过得这么慢?"我说:"当然是越慢越好。"这就是老杜"花飞有底急,老去愿春迟"的无可奈何的心情。可是有时候,我在忙乱中找不到便条纸,就顺手扯一张日历代用了,于是日历常常又跑过了头。他们又笑我:"你的日子是看自己高兴,一下又开飞快车了。"这确是真的,我的心情就是这么样,有时怨日子过得慢,有时又恨日子过得快。就在这种矛盾的心情下,晃晃悠悠地过了一个十年又一个十年。

我不能忘记的是在大学毕业时老师在我纪念册上写的话:"岁月不居,幸勿为人间闲烦恼蚀其心血,当致力学问,期以十年,必能有成。"可是如今已过去了两个十年,我不知拿什么告慰远在海天另一角的老师。

然而追悔有什么用呢?有一句格言说:"追悔是使人变得颓废与愚蠢的主要原因。"那么我应当振作起来,展望一下来年吧!我领来一只新橡皮日戳,把数字对正在一月一日上。我解嘲似的对自己说:"戳子盖在公文上,每天用心地办出近十件公事。"以毛笔正楷书写,虽然是"等因奉此",而"该员"也可称是办事认真,服务成绩优良了。如能好好安排,在"等因奉此"与"柴米油盐"之外,再读点儿想读的书,那更是额外的收获,足以对自己告慰的了。

这么想着，我踏着轻松的步子回家。五岁的孩子站在门口，手里捧着一本新日历。他看见我高兴地喊："妈妈，你看爸爸给我的新日历。"我帮他打开来，挂在墙上，掀起第一页，我问他："小楠，这是什么日子？"

他小手指着每个字念，然后蹦跳着喊："啊，元旦，过新年啰，过了新年，我又长大一岁啰。"

他又一本正经地问我："妈妈，我长大就要到美国去念书啦？"

我笑着伸出两个手指头说："这样，还要过二十年。"

我心想连五岁的孩子都有这么时髦的想头，"去美国念书"。可是立刻我又有另一个感触，再过二十年，我自己呢？我回头看孩子，他正在用积木创造一幢美轮美奂的房子，兴奋地问我："妈，你看漂亮不漂亮？"

"漂亮极了，小楠真聪明。"我高兴地搂住他说，"小楠长大了当工程师。"

"我不要，我要当大总统。"

好大的口气，他以一对十分得意而又全心信赖的眼睛望着我，我忽然感到过去的光阴没有浪费。因为我有一个孩子。他就是我的成绩。他从只会嘤嘤啼哭而牙牙学语而蹒跚学步，今天，他已经能写字、画画、搭房子了。无论他将来选择的道路是"工程师"或"大总统"，我往后的职责该有多么重大。一息尚存,对孩子"爱的教育"将是我今后生活的指标。

我心安理得地坐在办公桌前,心安理得地又开始转我的橡皮日戳。日子过去不必心惊,因为一天有一天的成绩,给孩子讲一段好故事,教他一件好行为,就是我这一年来的成绩。今后,为他我将更忙,也当更快乐,因为他更懂事、更可爱了。

永恒的期约
——悼施德邻老师

"五月十二日是我们母校的校庆,我欢迎你们到新竹来。我请你们吃我自己做的点心与冰激凌,再陪你们游青草湖,因为五月底我就要退休回美国了。"这是去年圣诞前夕,我们送施德邻老师到台北火车站时,她跟我们握别时说的话。可是现在已经过了五月十二日,我们没有去过青草湖,施老师也没有回美国,她却被安葬在北投的公墓里了。想起这位慈祥的异国老师,想起我们杭州的母校,我们的心情该是何等哀伤与沉重。

去年十二月十五日,我收到一位中学同学的通知:"今天是施德邻老师的七十二岁寿辰,我们在农复会餐厅为她祝寿。施老师答应特地从新竹赶来。这是她老人家在中国所度的最后一次生辰,因为明年五月,她就要退休回美国了。"

我非常高兴能有这一次聚餐。因为我们母校在台湾的同学寥寥无几。平时因大家都忙,绝少聚首机会。尤其是在新竹传道的施老师,更难得见面。所以我怀着兴奋的心情,按时到了农复会餐厅。一进门,就看见施老师笑容满面地坐在软软的沙发里,我上前向她祝贺问好,她紧紧捏住我的手,用相当纯熟的杭州土话向我道谢。又拉我坐在身旁,握着我的手一直未放。她说:"啊!你的手好冷,穿少衣服了吧!"我说:"我的手在冬天一直都是冷的。"她点头笑笑说:"嗯,记得在学校里时,你顶怕冷,常常捧热水袋上课,我就不许你,是吗?"她的记性可真好。我的心头感到一阵温暖,立刻像回到中学时代,想起了上英文课时的情景。

我环顾室内,到场的竟没有一位是我同班同学,她们都是我的学长,都比我高好多班次。有的是桃李满门的老师,有的是儿孙绕膝的祖母,头发已跟施老师一样的白,但因都是施老师的学生,在她面前,大家都又显得年轻活泼了。

入席以后,由施老师领我们作简单的祷告。我低头静听着,我不是基督徒,而施老师柔和亲切的语音,却使我感到有一份安定宁静的力量。

我们谈得很多,从过去谈到将来,从台湾谈到大陆,从同学谈到老师。施老师告诉我们其他几位美籍老师的近况,她们都已是七十左右的高龄。有一位已进了养老院。她说她们都没有她幸运,能享受到我们中国学生们对她的这一份盛情。她说:"这一点是你们中国人最可贵的地方,你们太重情感了。这也是我热爱中国的原因。"原来她前年已满七十,曾退休回国。因精神体力很好,所以要求再度来华服务一年,可是一年期满,她必须回去,这一次回去不会再来了。谈到此,我们又不免黯然。

施老师又指指我说:"你是今天来的同学中最低的一班了。记得我教你们英文时,你们顽皮极了。oh, mischievous."她还是当年给我们上英文课时清脆而温柔的口吻,杭州土音里夹着英文单词,我说:"您让我们背小妇人里马区先生给孩子们写的信,我们总背不出来。"她点点头说:"嗯,我想在你们当中找一个安静的Beth都找不出来,你们全是顽皮的。"说得大家都笑了,我庆幸我们的顽皮给她老人家留下深刻的印象。

席散后,施老师要赶九时火车回新竹,我们送她到火车站,我问了她新竹的详细地址。因三天后我将去新竹游狮头山,想去看她,她服务的处所靠近僻静的青草湖,她极盼我能去。但因那天翻过狮头山下来时间已晚就没有去,我怎么会想到就此缘悭一面呢?

我们倚在火车站的木栅门边,目送她矫健的步子,跨上车厢。观光号辉煌如白昼的日光灯,映照着她银丝似的白发与微笑的脸,显得她的精神格外矍铄。我们都欣慰地说:"老师真了不起,七十二岁了,丝毫没有龙钟老态,看她到八十岁一定还是这个样子呢!"

  火车徐徐地驶离月台,我们才各自依依分手了。我仰首看天空中已飘起丝丝细雨,寒意袭人,不由惦记施老师没有带伞,下车时如雇不到三轮车,一个人在异国僻静的乡村中,淋着细雨踽踽地走夜路,她会不会有孤寂之感呢?我拉起大衣领子,索性拣一条僻静的路步行一段,那时已近圣诞节,商店橱窗中都点缀了美丽的雪景,肃穆的夜空中,我仿佛已听到天使报信的歌声,不禁又坠入中学时代的梦境中。因而想到施老师一路上心头一定充满温暖与快乐。因为她热爱我们,热爱中国,她又是位虔诚的宗教工作者,她是不会有孤寂之感的。

  我去信给在香港一位最知己的同学,告诉她施老师的近况,并希望她今年五月能来参加施老师召集的聚餐会,她来信说非常怀念施老师,她说我们虽不是教徒,可是能保有优美纯真的德性,不能不归功于母校基督精神的熏陶。我深为她的话所感动,因而也更敬仰这位唯一在台湾传教的母校老师。

  可是谁能想到,未及一个月后的元月八日,从新竹传来意外噩耗,施老师在七日星期天上午做完礼拜后,心脏病突发，不及一小时就与世长辞了，新竹居民与学校师生，无不深切地哀悼这位诚朴的传教士。她默默地为上帝工作，不贪名，不图利，快乐地服务，平安地归去。在她去世的前几天，似已有预感，她告诉她的同伴说："我将奉主召回去了。如到了那天，希望将我躯体安葬在清静的北投，不必运回美国。"所以教会就将她遗体安葬在北投。记得在中学时，她曾告诉我们说一个七八十岁的老人，一旦无疾去世，那不叫作死，而是Stop living；她现在可说毫无遗憾地Stop living了。

青草湖是一个寂寞的处所，我曾在几年前一个大雨天去过。那儿既无青草又无湖，只有一座孤零零的庙宇，一座骨灰塔。埋葬着无数年轻年老者的骨灰。当然施老师服务的地点并不就是青草湖，想来也不会如此荒凉寂寞。但我既没有去过，如今施老师去世了，那个地方也许永不会去了。我不由得把寂寞的青草湖与施老师的住处联想在一起，心头就倍感凄清与哀悼。

现在已过了母校的校庆，同学们曾相约去北投公墓给施老师献上一束鲜花。施老师原打算五月里回美国，如今却在她热爱的中国国土里永远安息了。她曾经赞美我们中国人深厚的情谊、浓郁的人情味，我们更当如何发扬这一份崇高的美德，以告慰这位异国老师在天之灵。

遥寄
瞿师

　　日前在书店里意外地发现了您的著作《作词法入门》一书,是这里翻印的青年百科入门丛书之一。我如获至宝地把它捧在手里,急急翻阅。除了附录以外,它只有薄薄的九十四页,封面是您亲笔题的,可是笔砾韵味有点不似从前,我却毋宁喜欢您从前的字。

　　我把书买回来,一口气读完了它。我像是又回到大学时代,随侍在您身边,听您的谆谆诲导了。我一字一句地细细玩味着,仿佛听您以浓重的乡音在读着前人的名句,为我们讲解声韵、调、句法、章法以及遣词、用字的精微奥妙之处。书中许多例句,都是您当年命我分类摘录过的,或是在授课时特别要我们加以圈注的。因而我读来感到格外的朗朗上口、亲切有味。我学着您那婉转中微带凄怆的调音，低低地吟哦着，体味着您写此书时的心情。

　　记得当年在课堂里，您神情悠闲地高声朗诵着词中警句的声调是多么铿锵。您介绍历代名家不同的风格，低回反复地讲解词中蕴藉的深意，无不引人入胜。比如您讲李后主的《清平乐》中二句："砌下落梅如雪乱，拂了一身还满。"您说："这是两句情景交缩的词。一身落梅如雪，该是多么美的境界，只因作者心境不好，他痴痴呆呆地坐在阶前，落了一身的梅花也似毫无知觉。待知觉了却厌烦地将它拂去，拂去了又飘落一身。如此反复数次，只着一'还'字便充分写出一位亡国之君在绝望中挨着岁月的苦闷心情，是多么的含蓄而耐人寻味。"我们都是完全不懂词的，您就这么深入浅出地引我们入门，教我们作一句，填半阕，渐而整首，由小令而慢词，使我们对词发生锲而不舍的浓厚兴趣。在我们毕业时，都已能相互唱和。"行啦，你们虽未能'出色'却已见'当行'了。"您曾颔首微笑地说。

　　您常常提到词的寄托、词的感慨，说王碧山的咏物词，于沉咽中都寄有极深的感慨，却是含蓄不露，见仁见智，端由读者玩味而自得之。这一方面见得作者的功夫，另一方面亦由于作者当时的政治环境，不得不在词里打着哑谜，连一口气都不敢大声地叹出来。您也曾示我们您自己的几首咏物词。您以"咏柳絮"讥汪精卫"辛苦风舞",以"咏胰泡"讥当时的"大东亚共荣圈",可是您那时究竟还可以大声地念、畅快地解说给我们听。现在,您即使作了有寄托的词,可以对谁大声地说出真意呢?

在这本书的末了一段,您也说到"词的寄托",您说:"词必须托诸风花雪月,美人香草,使其隐约。……词要有寄托入,无寄托出。"这本来是您应当尽量发挥的地方,您却只以寥寥数百字交代过去。就连例句都没举一个。没有像您从前分析后主"清平乐"二句那样的判析一首词。多少好的例句,您都一字未提,难道您现在已经没有什么感慨了吗?还是有感慨而不能畅快一吐呢?最后,您又提到"附会"二字,认为欣赏文学,无妨加以"附会"。老师,您小心您那原无丝毫寄托的作品,却被大大附会起来呢!

写至此,我想起您在沪时作的一首"临江仙"最后三句:"明年红紫属何人,无穷门外事,有限酒边身。"您深恶于当时特殊的环境而想以杯中物遣愁。没想到"明年红紫属何人"一句终成谶语。如今我又背着您的瑞鹤仙词:"湖山信美,莫告诉梅花,人问何世。独鹤招来,共临清镜照憔悴。"能不黯然?

老花眼镜

近几月来，时感眼睛酸痛，看小字十分吃力，起初还当是灯下工作太久，睡眠不足，或缺少维他命等原因所引起。于是就少看书，早起早睡，大服其维他命丸，可是这样对症下药并未见效，看东西却越来越模糊，我才不得不请教眼科大夫。大夫给我仔细检查以后，和蔼地对我笑笑说："您的视力正常而且很强，只是现在有点散光远视。"

"散光远视不就是老花吗？"我茫茫然地问。

"也可以这么说。"大夫点点头，他唯恐病家听了"老花"两字心里不愉快，才这么绕着弯儿说，"不过没关系，你的度数很浅，配上一副眼镜就好了。"

"得戴上老花眼镜啦！那以后看书写字就再也摘不下了？"

"那当然啰!"

"再挺一个时期,是不是可以保持现状,使度数不加深呢?"

"没有用,不戴白不戴,而且伤眼睛。我劝你还是戴上的好。这是自然现象,是无可抗拒的。你看我工作时不也戴上了吗?"大夫的语气是再温和不过了。可是我听了心里仍不免有点儿震惊。戴老花眼镜是我在这以前一直未曾想到的事。我对自己的视力似乎有特别坚强的信心。仿佛我的耳朵可以聋,牙齿可以落,头发可以白,而这一对"灵魂的窗户"却是一辈子可以明察秋毫似的。谁想到今天,它们也迈进了"老花"的大关,跟两鬓偶见的白发相互比美了。

说起白发,当我在"初见二毛"之时,也未始不有点触目惊心。但我倒也不太感慨系之。因为第一,头发白得早晚视个人体质而异,白发并不一定表示你年纪老了。有的人还是少年白发呢!我尽可以此自慰。第二,白发的多寡无损于工作效率,对我的日常生活并无什么威胁。若就美的观念而论,能转为满头银丝倒也是别有风范。不然的话,也可以借重"乌丽发"使它们转成青丝。所以我对于白发的日增,并不忧心如捣。每天对镜梳头,还很有兴趣地数数看添了几根,看见太爱出风头的白发,也拿起剪子齐根剪去,可是剪多了长出来就像用旧了的尼龙牙刷,东倒西歪更不美观。何况如今已是捉襟见肘，遮也遮不住，便索性由它们脱颖而出了。记得幼年时，母亲时常抚着我的头说："这个小丫头头发又乌又硬，将来一定白得早。"母亲的话算是不幸而言中了，可是她再也没想到我戴老花眼镜的年纪，也比她早上五六年呢！

母亲生长在农村，身体强健。五十岁左右，因为是近视，只有在做最精细的刺绣时才戴上眼镜。记得她第一次戴老花眼镜，我还非常羡慕，认为戴眼镜有一种庄严的美。在她摘下来时，我就偷偷戴上，看起东西来头晕眼花。我捧着头咯咯地笑，母亲说："等有一天你真需要戴时就想哭了。"那时我已念高中，夜晚做功课，母亲在一旁就着灯光替我做学校里要交的手工。母亲最节省，舍不得多费电，全屋子暗洞洞的，就只我案头一盏台灯，照亮了母亲半头白发，和她额上的深浅皱纹。闪烁的金针在她渐见枯瘦而仍很灵巧的手指缝中跳跃着。五彩的丝线在花绷上发出清脆的噔噔之音，与我钢笔尖的沙沙之声相和。这一切的情景都历历如在目前，曾几何时，我也须戴上老花眼镜做事了。

我配来眼镜，第一天戴上，鼻梁上极感不适。就用一块纱布，褶成一个三角形，垫在镜架下。我的儿子看了，拍手大笑说："啊，妈妈是圣诞老公公。好好玩哟！"我从镜框上面抬眼望着他，他光着脚板在地上又蹦又跳，显得那么可爱而幼小。想想母亲戴眼镜时,我已是念高三的大女孩子,母亲还直嫌我长得太慢。现在我戴老花镜,儿子才四岁半,连"人手足刀尺"都还认不大清。就只会唱:"我是一个小蝌蚪,两只眼睛一个头,尾巴摇摇摇,藏在水里游。"看着他活泼地在我面前游来游去,使我欣慰也使我感慨自己得子太晚。把这只小蝌蚪培植到长大成人,屈指算算,还得整整十五年。十五年该是一段悠长的岁月,尽管七十岁是人生的开始,而望子成龙的日子,究竟是太遥远了。

老,原是自然现象,没有什么可悲的,只是一戴上老花眼镜,就不觉有点老态龙钟起来。看远处得摘下,跟人说话得摘下,起立行走得摘下。再说我又健忘,时常到班上把它忘在家里,带到班上又忘了带回来。工作起来殊感不便。儿子一看我拿起书或报纸,就满处给我找眼镜,矮个子爬上我的膝头,要替我戴上。我抱着他,亲亲他的小脸,我问他:"儿子,你长大了记不记得妈妈这个圣诞老公公的样子呢?"他点点头说:"记得。"我又问他:"妈妈头发白了,牙齿脱落了,你还喜欢不喜欢妈妈呢?"他又点点头说:"喜欢。"不知怎的,我已经是泪水盈眶,心头的滋味是难以言喻的,也许这就是袁枚的"望儿终有日,道我见无年"的凄怆心情吧!从老花眼镜中望着唯一的小宝贝儿,我只好以蔗境弥甘来自我解嘲了。

秋　扇

秋风起了，气候已经转凉，可是他却嚷着要买电风扇，这不是怪事吗？我说："九月寒衣未剪裁，应该补置秋装了，怎么还买电风扇呢？"

"这是最经济的打算，专买过时令的东西可以多点折扣。"说着，他望望我脚上穿着洋洋得意的对折白皮鞋。

事实上，尽管早晚秋风吹来有点凉意，但正午仍然是热烘烘的，再加以我们没有请女工，忙家务忙得团团转的时候，非开起电风扇，扇去你的汗水与疲劳不可。我们十年相依的旧风扇，实在老爷到不堪再效命的程度。每一扭开，它就直着脖子发出喷气机的怒吼声，稍一撞开关，想让它声音收敛点儿，它就戛然而止，像跟你生气似的，冲你摆着一副又脏又丑的脸。尤其是来了客人,开起它来,我们的谈话声就得提高一个音阶,以超越它的怒吼。它又不肯摇头,吹到张先生,吹不到李先生。客人已被吹得毛发耸然,主人却热得汗流浃背,因此他气得非买新的不可。我也只有同意了。

他在添购新东西方面,是个极过细的人,第一先向人打听哪家厂牌出品最佳,既漂亮又耐用,式样有多少种,性能如何?都打听清楚了,再挨家去看、试、选。这还不买,回来再和我研究、讨论、考虑。我因未看到货色,由他一个人描述得天花乱坠,也就由他作最后抉择。他说一个对用风扇最有研究的同事提供他意见,说是某家的式样保守,却耐用,某某两家的花样翻新,座子、扇叶、罩子各是一种颜色,喜新奇的就买这两种牌子。另一家的美观而大方,而且开起来有十七挡风之多。放在会客室里,客人刚到时先开第一挡大风,坐定后改二三级中风,四健会时开四五级微风,灯前夜话时开六七级凉风。我看他说得眉飞色舞,但再说多少种情况,也用不到第十七挡风。我笑着摇摇头说:"要那么多挡风干什么?况且名堂越多,越容易出毛病。就像你的手表一样,当时非要有跳字日历,又要自动,店里保证你脱下一天一夜不会停,结果是离开手腕半天就停,可见机器太复杂的一定不好。"

他一本正经地说:"你就不懂,机器这样东西,你得对它细心研究，全心信赖，不要随便就批评它。"他万分珍惜地摸摸他手上的跳字自动表。

经过多次的辩论折冲，他终于捧回一台能升降的新风扇。我连忙打开盒子一看，还是跟原来的老爷风扇一个牌子。而且式样非常普通，甚至有点古老。颜色又是灰扑扑的自来旧。

"怎么又买这家的呢？样子这样难看，为什么不买奶油色的？扇叶与罩子不要一个颜色的多漂亮？"我就连珠炮似的一串质问。

他却像没听见似的，只顾自己慢条斯理地抖开线，插上插头，风扇开始转了，他才坐下来十分有把握地说："我已经是三思而后行。你别啰唆好不好？"

我只得忍着气，仔细观察，这风扇只四挡风，比起他那同事说的十七挡风倒是要简单明了。马达声音也不太大，就只摆起头来有气无力，像随时都要停工的样子，而且向左转到某一角度，就要"喀嚓"一声，停一两秒钟，再继续地摆。我马上说："你看，不是有毛病吗？"他说："别急，这不算毛病。要开久了不会发烫就好。我听同事说他曾开过三天三夜，摸摸它后脑勺还是冰凉的。"我简直不信他那位同事要连开三天三夜的电风扇干吗，是专为做宣传吗？

吃完一顿午饭，我一摸它的"后脑勺"，嘿！已经是炙手可热了。我又提出意见："不行呀，才半小时就热了，还说三天三夜不热呢。"他也皱起眉头咕哝着："奇怪，怎么会呢？"停了一下，他又说："不要紧，试用三天，不对可以换。"

三天以后，他高高兴兴地回来，对我说："你别担心它发热，我那同事说，就热到这个程度为止，再开久，热度也不会升高了。"

"那他怎么说开了三天三夜，后脑勺还是冰凉的？"我笑问他。

"这个呀，就是你们写小说的笔法！夸张式。"他有板有眼地说。

我总是心有未甘，花了我一个月的薪水，买一架旧兮兮、懒洋洋的电风扇，又非当务之急，真是冤枉。我向许多朋友同事打听，究竟哪种牌子最好，却都议论纷纷，莫衷一是。我一个朋友家中有三把电风扇，一台是几年前最新式的圆圆的风扇，一台老牌的，一台新牌的。朋友说地风扇早已徒有其表，开起来像柴油车似的，隆隆之声震耳欲聋，只好把它封进壁橱里。另两台都容易发热，必须轮流开放。幸亏天凉了，它们也可暂时退休了。她先生在一边衔着烟斗，慢吞吞地说："你们都不懂，天下哪有开久了不发热的马达，如果风扇开久了不烫，一定里面再加一层隔热的设备，里面尽管烫外面摸不出来，依我想呀，更容易烧坏。"他是位主任工程师，对于"电机"自有研究，我们只好信了。

回家以后，再仔细看看我们呆愣愣的风扇，与朋友家的一比较，它陡然变得新起来，式样也顺眼了。我说："算了，别换吧，换来换去都一样，天这么冷了，还为风扇忙，多可笑。"

"可不是吗？凡事马虎一点就过去了。你就是一切都太认真，太苛求。"

"还说我呢，你买什么都得打听上几天，考虑几天，我要是一下子买回一样东西，你就尽挑剔。"

"你忘了，我是学会计的，会计方面的验收工作就是尽着挑剔。"

我一声不响地扭开风扇，它依旧是慢吞吞，有气无力地摆着头，摆到一个角度，"喀嚓"一声，再继续地摆。看来也无大碍。他得意地说："看了旁人的，才知道我买的不坏。这叫作不怕不识货，就怕货比货。"

"还得意，拣来拣去，拣一把有毛病的。"

"贪便宜就只有如此，要知道它原该是见捐的秋扇了，却被我们捡了来，至于小毛病呢，有一点点也好。又得套用你爱说的一句话——缺陷美。"

课子记

儿子进小学一年级了,他爸爸和我也卷起舌头跟着学标准国语发音,为的是好督促他每天的功课。我还勉强跟得上,他这一口乡音不改的四川话,却大大地引起了儿子的迷惑。

几个星期以后,他的发音没学好,却感到晚上陪儿子做功课实在是出重头戏。儿子从学校里带回的本子一大堆:低级生字簿、低级抄书簿、国语练习簿、低级算术簿……写了笔顺再抄生字,抄完生字再抄书,然后背书、温常识、做算术。每晚都搞到十点多,大人孩子都哈欠连天的还不能休息。他写字每笔每画都得看着他写,嘴里还念念有词:"竖、横、折、弯、勾、长点……"不然的话,他的小拳头捏着铅笔,就像鬼画桃符似的画得一团糟。就这样,他还是写得歪歪斜斜,大大小小不整齐。

"你看你,像什么样子?"他爸爸忍不住骂他。

"我不要他歪,铅笔自己会歪过去嘛。"他眼里汪着泪水。

"算了,别要求太苛,刚一开始都这样。"我看他可怜巴巴的,就替他求情。谁知轮到我自己教他,竟比他爸爸更容易冒火。尤其是常识上的六亲关系,我不知道用什么方法才能让他明白,爸爸的爸爸是祖父而不是外祖父,妈妈的妈妈是外祖母而不是祖母。爸爸的兄弟喊伯伯叔叔,妈妈的兄弟却变成了舅舅。原因是我们俩都是"既无叔伯,终鲜兄弟",他的双亲留在大陆,我的双亲早已逝世,叫孩子哪来这些亲族观念。更有许多抽象字眼,对他越解释越糊涂,只好叫他硬背。

"楠楠,对老师要怎样?"我问他。

"要尊敬。"

"对。那么对父母亲呢?"

"要爱护。"

"错了,对弟弟妹妹才是爱护,对父母亲要孝敬。孝敬,知道吧?"

"知道。笑就是很快乐。大家吃果果,拍手笑呵呵。"

"不是这个笑。是孝顺的孝。听话、乖,就是孝。帮父母做事,有东西要请父母亲多吃点。"

"可是你不是叫我多吃点儿,才会长大吗?"

我只好对他点点头,可是我已经五心烦躁了,还得耐着性子再教他算术。

"篮子里有五个橘子,爸爸、妈妈、你,每人吃一个,篮子里还剩几个橘子?"

"三个。"

"怎么是三个呢,你把手伸出来数数看。"

他扳着手指头;"一个,两个,三个……还剩两个。"

"可不是两个吗?五减三等于二都不知道,还要三个、三个的,好笨。"

"那我不吃,不就剩三个了吗?"想了半天,他忽然不服气地说。

"对了,你就别吃,算术做错了就罚你没橘子吃。"我还是很生气。

"你看你真没道理,他说得很对,他不吃就剩三个。"他爸爸还直欣赏儿子能随机应变,我却担心他在课堂里信口胡说会拿零鸭蛋。因为我发现他不但没有数字观念,而且动作慢、反应慢,一味的慢条斯理,加上注意力不集中,因此他常常赶不上旁人。我倒不敢梦想他名列前茅,只要他能勉强跨住一只脚,不被刷下来就算幸运了。他爸爸却笑我杞人忧天,"船到桥头自然直,说不定一旦豁然贯通起来,样样都得一百分,还会捧张奖状回来让你乐一乐呢。"

他在那儿自我陶醉,我却看着孩子被"繁重的功课"折腾得又黄又瘦而担忧。每天晚上,他得花两个钟头的时间陪孩子做功课。看他一阵子高兴,一阵子发火,一会儿喊"乖儿子",一会儿骂"笨东西"。我的心也跟着一下子紧张,一下子松弛。孩子更不用说了,每根神经都像橡皮筋似的,被绷得紧紧的。有时,他在梦里都在念着:"九个减三个再减两个,等于……"

我们检讨这样的"教授法",一定是失败无疑。因而请教了好多教子有方的朋友。每个人都劝我们千万别紧张,别太严厉。要听其自然,孩子的智慧开得早晚不一定,不可勉强。这些道理我都懂,我也知道我的儿子可能是"大器晚成",干急也没用。可是无论如何,总得保证他不留级呀。当初他爸爸极力主张要他进私立小学,既然进了,总不能中途撤退。如今的小学竞争这般激烈,家长们明知自己的孩子不一定吃得消,也硬把子女往里送,因为国民小学到五六年级才开始填鸭,私立小学一年级就开始填,早填总比迟填有把握吧。

英子有一天在电话里关切地问我:"你孩子的功课怎么样呀?"

"不大好哟,抄书习字尽拿丙。"

"丙就丙嘛,男孩子本来就是个丙嘛!有什么关系。"

我又喋喋地告诉她"他亲属关系搞不清楚,他不知道谁该喊姑妈,谁该喊姨妈。"

"要他记这些干吗呀?我女儿都九岁了还是六亲不认呢,你不用着急。一学期下来他的注音符号准可以当你的老师了。"英子的京片子干净利落,我被说得哑口无言,只好相信"船到桥头自然直"那句话了。

好心的朋友与他的级任老师都劝我别心急,第一是培养他的兴趣与自信心。对他学校的生活,要表示关切,遇到困难,要帮助他、鼓励他,使他觉得老师与父母是最可信赖的朋友。于是我与他相互勉励,极力培养自己的耐心,不再严词厉色地责骂他了。他放学回来,就向他问长问短。有一天,他煞有介事地告诉我说:"妈,我可能会当排长哩。"

"你会当排长?"我忍住笑问他。

"会,老师说的,功课进步了就可以当排长,再进步就可以当级长。老师说我字写得进步了,算术得过好多一百分,还得过'好学生'的奖。"

"嗯,你还要再努力,要得甲上星才好。"

"到五六年级,我要当纠察队。"他一副任重致远的神情,对于纠察队的权威,真是不胜其向往,可是我想想五六年级对他来说是多么遥远。但愿他能一帆风顺地上去。

有一位朋友拿起他的抄书簿来看看说:"他字写得蛮好,

怎么老是丙呢？"

"是呀，拿甲上星的大概是王羲之转世了。"他爸爸解嘲似的说。

这位朋友劝我切莫要求孩子名列三五名以内，能保持中等最好，孩子的身心健康才是第一重要。她说她一个念六年级的女儿每天下午六时半背着沉甸甸的书包回来，问她吃什么都不要，躺在澡盆里就睡着了。念五年级的女儿，算术考九十二分还跺着脚哭。说她学校八十分才算及格，九十分只是平平常常。做母亲的不忍再责备孩子，也不敢怪学校，只有一心盼望学校建多了，竞争不再这么激烈，被功课压扁了的孩子才能得救。

总之，儿子自上小学以来，我和他爸爸的心情一直都不能轻松。太严了怕他失去读书兴趣，太松了又怕他赶不上。偏偏他又不争气，在大考前发了几天高烧，我们不敢逼他温习功课，因此大考成绩受了影响。他的级任老师再三安慰我们，说他不是个笨孩子，就是注意力不大集中，动作迟缓吃了亏。我真不知如何集中他的注意力，促进他的动作速度。我想唯一的希望，是哪一天时来运转，他忽然领悟了"名次"的重要，急起直追，迎头赶上。

可是，真有那么一天，他能名列前茅的话，我又要担心他喝不下牛奶吃不下饭，躺在澡盆里就睡着了。

与友人书

前几天赶稿子,胃病又发了。加以感冒发烧,躺了两天,昨天才勉强上班,所以你的信迟回了。读了你的信,和你在联副上的文章,病中心情,忧心凄怆难以言喻。我更体会得到你的悲痛之深。我本来想去看你,但再想想,还是让你一个人安静些,索性在寂寞中追思吧,你哭,你写,要比与朋友无言的黯然相对好些,是吗?你是知道的,我对伯母的敬爱有多么深。她对我的关怀爱护使我终生难忘。你的朋友中,她对我的身世与性格知道得很清楚,因而我和她老人家也格外有话好谈。每次我到你家,只要她没出去,总要出来陪我聊上大半天,问长问短,再笑眯眯地坐在一边,看我们两个笑、疯。看你打开壁橱,拉出抽屉,取出所有的"新置项下",向我献宝。别针、耳环、披肩、衣服,"这是我先生刚从美国寄回来的,这是妈妈送我的,这是妹妹给的。"你那幸福的大笑声,使我羡慕,也使我分享到同样的快乐。我们就对着镜子穿戴起来,我总嫌你那大镜子照得我显得格外老,就埋怨。伯母说:"琦君呀,你一点都不显老,起码可以少看十岁,我不骗你的。"于是我得意起来了。向她敬个礼说:"谢谢伯母。"然后她轻轻带上房门说:"你们谈你们的,我去叫阿巴桑煮面片给你们吃,可就是面片哟。"其实伯母是客气话。她总要切出一大盘卤菜,把大块的鸭肉和卤蛋堆在我的碗里,硬要我吃。你笑着告诉妈妈说:"我们家的肉块切得好大,琦君的肉丝切得好细,菜烧得好甜。"伯母说:"是呀,她吃了你的菜,回来就嫌家里菜不够味,说真的,你的八宝饭真好吃。"我听了更得意。就说:"等哪天有空,一定烧几样菜请您来尝尝。"我这个老鸦愿心,不知许了多少次,总以为很容易就可以实现的。在她病中,我还说过等她病好了,一定蒸一碗又油又甜的八宝饭祝贺她老人家。谁知此愿已永不能再偿了。

她住进医院以后,我只去看过两次,你正巧去学校上课了。她看见我好高兴,拍拍床要我坐在边上,跟平常一样的对我问长问短。劝我不要太忙,不要太要强,她又说自己的病把你们姊妹拖苦了。我看她咳得那样凶,消瘦得那样厉害，心里真难受，却不得不装出愉快的笑容哄她。我想我都这样难过，你和你的两个妹妹，每天怀着绝望的心情对着她老人家说笑，心中的悲楚更将何堪。第二次我去看她时，她咳嗽好多了，注射特效药以后，颇见效验，我默祷上苍佑护伯母，可能会出现奇迹，伯母能霍然而愈。我一边替她撮去枕边脱落的白发，一边说："伯母，您出院以后，我一定做一碗八宝饭请您吃。"她拍着手说："好极了，我一定要你做给我吃的。"她的话尚在耳边，而她却已远去了。日子真快，转瞬已将一月，我要在下周中做一碗八宝饭送到她灵前供她，这只是我的一份心意。不知她是不是会来吃呢？八宝饭再好，也看不到她一筷筷挑着吃时欢欢喜喜的神情了。

上月十六日上午，我赶到医院去看她，一路上，我的心就很沉重，我知道她重进医院，一定是凶多吉少，但总以为还可以见到她。等我走到四零八号病房时，看见第一张床位是空的，心就狂跳起来，我还希望英子告诉我的号码错了。在甬道里来回地找，遇到一个医师，他告诉我老太太已经逝世了。我愣住了，怎么会这么快呢？我怎么会再见不到她了呢？我扶着扶梯一步步下楼来，在那白惨惨的长廊里往外走，这条长廊，我不知走过多少次，十年前，我就沿着它一直走到尽头，送我的一位长辈进入太平间。因此，走在这里，我就有一种不祥之感。我去探望伯母，又知道她患的是绝症,因此我进出于这条长廊时,心里很难过,十年前的情景一幕幕都回到我脑海里。我极力避免把伯母的病和这些不祥的事物联想在一起,但我又禁不住会这样想。我更担心,那不幸的一天来临时,你怎么承担得起,但这一天毕竟来临了,你也不得不承担下来。如今,你和我一样,没有了双亲,因此,我读你的文章,感触更深。伯母在你十岁时就孀居,抚养你们姊弟长大成人。我母亲在三十岁时就被我父亲冷落在一边,孤苦地把我养大。记得有一天,她从姨妈家牵着我的手,赶夜路回家。乡下的田岸路,在十一月的霜风里都结了冰,又冷又滑。母亲是小脚,抱不动我,我紧紧拉住她棉袄的后襟,一脚高、一脚低地摸索着走。风吹得我都要倒了。我问母亲我们为什么不坐轿子,母亲一声不响,只顾往前走,走到家后门口,后门已经落了锁,敲打了好久都没人开。暗洞洞的天空中飘起雪花来,后门外是一片荒地,停放了好几具无主的棺木。风吹着大榕树沙沙地响,远处人家的狗在叫,我家门里的狗也在叫,我怕得躲在母亲怀里发抖。母亲搂紧我,在我耳边哈着暖气说:"不要害怕,不要害怕。"门仍打不开,我们被关在门外了。母亲知道那是谁有意这样做的,但她仍旧是抿紧了嘴一声不响,带我到婶婶家过了一夜。婶婶家被子很薄,我一直紧紧地偎在母亲胸前。从那一次,我懂得母亲有多么孤苦、多么坚忍,我们母女又是多么的相互需要，她咽着眼泪活下去只是为了我。我也曾立志为母亲争取一点光荣。可是我远不及你有成就，也远不及你已尽到了孝心，你让伯母在世亲眼读到你写的中英文著作，看到你执教大学的成绩，听到人人对你的欣羡与激赏成就，她总算已获得安慰。而我呢？长大后一直不在母亲身边，大学刚毕业，还不及赶回家侍候她的病，她就溘然长逝了。我对她何曾尽到一天的孝心？直到现在，我自问岂有丝毫成就足以告慰她在天之灵。因此，二十余年来，我的哀痛与日俱深。自思碌碌此生，恐将抱恨以终天了。

　　那天我走进伯母的灵堂，一看见你和两位妹妹披麻含泪而立，我就想起当年自己赶回家哭倒灵前的情景，禁不住泪如泉涌。你惨白的脸容使我不忍再望。薇薇与兰兰一看到我就哭，因为平时我去你家较多。她们懂得她外婆对小辈们的爱，可是如今她们不再有慈爱的外婆了。薇薇星期六从学校回家，一进门不能再喊："外婆，吃什么点心，我肚子好饿哟。"你因为太忙，两个孩子一向都是伯母照顾，连你自己，样样都得妈妈给你准备得现现成成的。现在，你没有了妈妈，你得照顾自己，照顾孩子了。当然你家那位跟随伯母十多年、忠心耿耿的老妈会照顾你的，但老妈一个人在厨房里摸索着做饭时不知将如何的思念伯母。我原不该写这些引你悲伤，但人生能得好友倾诉，尽情一哭，又未始不可聊舒心头郁结呢?

  我自认是你"好友",却不敢说是"知己"。因为,人与人的心灵,是永远无法完完全全相沟通的,正如你所说的,人总是常常寂寞的。我,也是寂寞的时候居多。可是这刻骨的寂寞却常使我的心灵宁静而清明,也因而懂得了温厚。在热闹场中,我也能随着大家笑谈玩乐。我热爱朋友,我珍惜友情,我觉得人总是很可爱的。因此我希望你不要把自己封闭在蜗牛壳里,你要在寂寞中培养一颗像伯母那样宽厚的心,接受人们对你的关爱。人在一个智慧过高的眼光里看起来,就像太阳里滚滚的微尘,有时会显得愚昧而可怜。但,那是连我们自己也在内。你不要太清醒了,太清醒时,这世界就不值得再逗留。人世的爱、恨、恩、怨,以及荣誉、德性都将不复存在,努力也不再有任何意义,那就太空虚、太痛苦。那是连出家当修女与自杀都解决不了这痛苦的,我们又何必如此自苦呢?

  夜已深,原打算安慰你的,反倒勾起自己的满怀愁绪了。

  冬寒,盼善自珍摄。

不见是见,
见亦无见
——悼念我的启蒙师

  我的启蒙师,在我十四岁时,就辞馆而去,闲云野鹤似的,不知飘到哪儿去了。我懵懵懂懂的,只晓得他要出家当和尚,以后是另外世界里的人,不再认我做学生,心里很难过。我牵着他蓝布长褂的袖角,送他到火车站,依恋地望火车出了月台。回到家,看书房里他燃的檀香还没烧完,芬芳的烟雾弥漫了满屋。琉璃灯里如豆的火光在微微跳动。我忽然觉得寂寞起来,寂寞中还夹杂着一份忏悔。因为我一直畏惧老师的严厉,好多次在心里赌咒,不再背那劳什子的古文,并且希望老师快快走。如今他真走了,而且永不回来了,我却伏在桌上哭起来。

  我哭过好几次。在学老师朗诵唐诗的声调时,我会哭,听母亲敲起木鱼念经时,我也会哭。我曾问母亲老师为什么要出家,母亲只含糊地告诉我他已看破红尘。"红尘"是什么,我不懂,但我有一种感觉,老师一定是个不快乐的人。

老师这一去就杳如黄鹤,连他的家人都不知道他云游到何方。我也逐渐长大,想他大概真的已"披发入山,不知所终"了。可是三十多年来,我总不时想起他,提起笔,看着自己潦草不堪的字体,就会想起当年他捏着我的小手,一点一画教我端端正正写字时的严肃神情。慵懒地拿起书,就会想起他拍着桌子喊一声"快背"的那一副凶狠狠的脸。如今我又忝为人师,更深深体会到当老师的这份甘苦。

来台湾以后,也常常想念他,我算算他的年龄,五十、六十、七十,他该超过七十了。但,尽管他已有如许高龄,我总觉得他还活着。我甚至梦想有一天,我们师生能再聚。在大陆的名山古刹中,他是一位白发皤然的得道高僧,我是一个阐悟了人生真谛的虔诚弟子,佛堂中炉烟袅袅,烛火熊熊。依佛教徒的说法,这该是一段多么美、多么善的缘呢?

三年前,忽然从日本转来一封笔迹生疏的信,拆开来,竟是老师托他在日本的朋友转给我的信。还有他的近影。恍如在梦中,阔别三十多年的老师,他真的还活着,这是他的亲笔信,这是他的照片,他费尽方法把它们传递到我手中。可是从他细弱倾斜的字迹,可以想见他体力的衰微。他的照片，几使我不能辨认。嶙嶙的双颧，深陷的眼窟，眼帘下垂，似在打坐，他穿的是一袭僧衣，颈下挂一串长念佛珠，看去就像一具已圆寂的老僧遗体。这形相使我似陡然领悟了什么，望穿了一切的世间相。恍恍悠悠的，生与死，时与空，一下子都失去了差别与距离。这张照片，写下了三十年人世的艰难岁月。但三十年也就是这么一瞬间，比起几百年、几千年又算得什么。可是三十年却使一个年轻人变成一把骷髅似的瘦骨，目光不再矍铄，嗓音不再洪亮，笔力不再劲健。很快的，这把瘦骨便将销蚀无遗。我的眼泪涌出来了，我仍免不了为人世的"生老病死"而悲伤。

　　他的信里写道："客岁重病，曾气绝多时，闻大殿钟声，忽又苏醒。而此后体气日衰，扶杖始勉强能行，想大去之期不远矣。"此信历时三月才到达，我不知在读信时，老师是否"一息尚存"，还是已经西归了。他在照片后面写了两首很长的偈。其中有两句是"不见是见，见亦无见"。他如此的高龄弱体，却与我们隔海相望，这与幽明异路又有什么两样？这一帧像遗容似的照片，映入我的眼帘，岂不是"不见是见，见亦无见"呢？

　　我赶紧托在香港的朋友转给他一封信，并寄给他一些药品与少数的现款。此后我们陆续通了几封信。

　　我每次去信，都在一种战战兢兢的心情下盼待他的回信。在这不绝如缕的联系中，我寄托着师生重聚的渺茫希望。可是在我寄出第五封信后，就没有再收到他的回信。我的心总在缥缈恍惚中怀疑他的存殁。最近，我辗转打听才知道他已真正脱离苦海。他永不会再以抖擞的笔在粗糙的纸上给我写信了。他那一缕游丝似的呼吸已经停止，他已西归而去，不能再等待了。生与死的距离毕竟太微小，他一下子就跨越过去了。我望着他的照片，仿佛觉得他早就去了另一世界，也好像他是永恒地活着的，因此我并没感到太悲伤。

可是我仍禁不住想，他在"大去"的一刹那，真进入了"智境俱泯灭，寂然天地空"此境界的话，那么他的灵魂亦不会飞越重洋，寄我一梦了。

小瓶子

这么大年纪了,而喜爱小玩意儿的童心,依然未改。我特别喜欢各种各样的小玻璃瓶子,宝贝似的收藏着,不时拿出来玩玩,挺有意思。我儿子小的时候,常把它们砸了,砸了我就再设法补上。现在,他长大些,也懂了。"这是妈妈的玩具,不许动的。"他说,有时他向我要求:"妈妈借我玩一下好吗?"当然好,看他玩得那么高兴,在他身上,我找回了自己的童年。记得十岁时割扁桃腺,一个人深深陷落在雪白的病床里,母亲在乡下忙秋收不能来陪我。我从枕边掏出她为我做的一双仅一寸多长的小小红绣花鞋,套在手指上,边玩边想念母亲。父亲来了,从口袋里摸出一只小药瓶说:"是我特地向护士小姐要来给你玩的。"他又问我还想要什么，我说要那百货公司玻璃橱里站着的会哭会睡觉的洋娃娃。父亲马上给我买来了。我捧着它，亲它，把小红缎鞋套在它的胖脚上，又拿小药瓶装了牛奶喂它，我跟洋娃娃一起睡着了。可是当我醒来时，却看见一张阴沉的长脸对着我，我战战兢兢地喊她一声"娘娘"，她却一声不响地拿走我的洋娃娃，连小红鞋与小药瓶都拿走了。她说我不可以把手晾在被子外面吹风，小药瓶搞脏了床单，我把头缩在被窝里，眼泪不断地流，却不敢哭出声来。我只听见她在大声责怪父亲："买这样贵的东西，宠得太不像话了！"

病好回乡下，第一件事就是找回那个洋娃娃，可是我发现它孤零零地躺在稻草堆上，雨打风吹，美丽的头发脱落了，小红缎绣花鞋只剩一只，我抱起她哭着奔向母亲，母亲搂着我喃喃地说："别哭，宝宝。妈用黄丝线补上她的头发，再做一件漂亮衣服给它穿上。"

"也要绣花的。"我说。我不懂得追究洋娃娃为什么会遭此厄运。我看见母亲抚摸着它，眼中都是泪水。

我原有满满一抽屉的小瓶子。其中最多的是十滴水瓶子、眼药瓶子、仁丹瓶子。我又从医院带回更多更好的瓶子，放在一起，亮晶晶，响叮叮的真是好玩。我捧出来一样样地分类，在桌面上摆着各种图案。一个人寂寞地玩着。有一天，我那位"娘娘"突然走进我的书房，看见我正玩得起劲儿。桌边上是一本"七剑十三侠","古文观止"俯卧在地板上。她那对亮得透明的眼睛望了我好半天,咧了下雪白牙齿问我:"你在看这本小说吗?"

我摇摇头。

"那本书为什么丢在地上?"

"它自己滑下去的。"我嗫嚅着。

"捡起来!"她命令我。

我捡起书,平平正正放在桌上,拔腿想溜。

"站住!"她忽然像发现了什么,问我,"这只瓶子是哪儿来的?"

"记不得了。"我又摇摇头,其实我明明记得那是从父亲书桌的玻璃盘里偷来的。那里面原还剩两粒红红的丸药。我把它倒出来搁在舌头上舔舔,先是甜的,以后就变苦了,赶紧吐出来,把玻璃瓶子塞在口袋里,带回加入我的小瓶阵容。现在却被她发现了,她大声问我:

"怎么可以乱拿药瓶子,这是你爸爸的安眠药,你把药搞到哪里去了?"

我怕打,就死不承认,扯谎说:"是妈妈给我的。"我怎能想到,这句谎话会害妈妈受一场闲气呢?

第二天,母亲的眼睛红肿得像熟透的葡萄,她叹息着埋怨我道:"你这不懂事的小东西,你怎么扯谎都行,为什么说是妈给你的呢？妈哪来的安眠药，你爸爸怎么会把这些仙丹似的药给我呢？"

"妈，安眠药是管什么的？"我还歪起脖子问。

"夜里睡不着，吞了就好睡。"

"那爸爸为什么吞这药？他睡不着吗？"

"谁知道他，反正妈一辈子睡不着，也不会伸手向他讨药，我终归有一天要闭上眼睛的。"

妈气得脸发白，又颤抖着骂我："你搁着正经书不念，这么点儿大就看小说，你知道你不长进要妈受多少气。"

我这才明白是怎么一回事了，我咬咬牙，立刻奔向父亲的书房，一口气对父亲说，管睡觉的药是我丢掉的，药瓶是我偷的。父亲先是沉着脸，半晌却点点头说："我知道是你干的，你为什么又看小说呢？"

"不是我，那飞剑小说是小叔叔看的，他看了讲给我听的。"

"那种离奇古怪的故事不要听，先把书念好要紧，唐诗背得几首了？"

"会背好多首了，"我摇头晃脑地背起来，"一片花飞减却春，风飘万点正愁人，且看欲尽花经眼，为厌伤多酒入唇……"

"什么意思你懂吗？"

"懂，就是花儿落了，很忧愁，要喝酒。"

父亲的双颊出现两道深深的沟,那是慈祥的沟,他已经不生气了,而且用手摸我的头。我立刻问他:"爸爸,还有小药瓶吗?都给我。"

他忽然在抽屉里取出一个玲珑小玻璃瓶说:"拿这给你妈吃,瓶子给你。"

"管睡觉的?"

"不是,是补药。我看你妈很累,该吃点补药。赶紧拿去吧,别叫人看见。"

我知道爸说的这个"人"是谁。我把瓶子收在兜儿里,飞奔回到母亲身边,得意扬扬地拿出药来说:"喏,爸给你吃的补药。"

"给我的?"

"嗯,爸说你太累,得补补。瓶子是我的。"我仰头望着母亲,她半晌没有说话,眼中又充满了泪水。可是她脸上那一丝微笑,是我永远不会忘记的。

那只小瓶子,母亲久久没有给我,我催她,她总说:"还没吃完呢,我感到累了才吃一粒,哪舍得天天吃呢?"

可是我等不及了,拿一个奎宁丸瓶子给倒过去。母亲悄声地说:"小心别让人看见哟,这瓶子被看见,风波就大了。"

我也知道她说的这个"人"是谁。母亲说话时眯起一对近视眼,笑得真美。我多么喜欢看见她的眯缝眼儿和父亲双颊的两道沟。

我渐渐长大了，乱七八糟的小瓶子越来越多。我统统把它送给过继的小弟弟，小弟弟喜欢小瓶子的癖性跟我一样。有一次，他爬在小沟里找东西，浑身脏得像条泥鳅，裤子后面裂条缝，屁股半个亮在外面。父亲用拐杖狠狠打了他，他抿紧了嘴一声不响。一只拳头捏得紧紧的死不放。我牵着他到水槽边洗手，他才悄悄地摊开手心，得意地在我鼻子尖下一晃说："姐姐，你瞧，我从沟里捡起来的。"原来是一只缺了嘴的十滴水瓶子，为了它，他宁可挨一顿揍。

我们姐弟有着极深厚的感情，可是我们在一起的时间太少。卒业回家时，双亲已去世，弟弟亦夭折。那一抽屉的小瓶子，当然是散失无遗了。但我仍找到一只没有塞子的眼药瓶子，我真是格外地钟爱它，珍重地保存起来。此后，我又不断搜集许多小瓶子，可是水准高了，好瓶子也不容易搜集到了。

前不久，孩子把一只最心爱的香水瓶子拿去装肥皂泡沫。塞子也搞丢了，我一气打了他一记耳光。他也一气，索性把瓶子扔在地上砸得粉碎。我真想狠狠地揍他一顿，可是一想起小时候寂寞地躺在病床上，失去小药瓶与洋娃娃的沉重悲哀，与我那夭折的小弟弟，为一只破十滴水瓶子挨揍时那副殉道的精神，我又何忍再打孩子呢？

妈妈的菜

日前在英子家晚餐,满桌色香味俱佳的菜已使我胃口大开,而伯母最后端上一小碟子鸡血豆腐,我们又抢着伸过筷子去。她笑着说:"这是中午的剩菜呀,你们吃新鲜的吧。"可是英子说:"我最爱吃妈的剩菜。"

英子已是四个孩子的母亲,孩子们围着她爱娇地喊妈妈,或故意逗她生气。她也爱娇地逗着自己的妈妈笑乐。她们的笑容美得像一簇春风里盛开的蔷薇。"亲旁一言笑,四座生春晖。"人间哪有比偎依在慈母身边更幸福的呢?这美丽的情景感染了我,使我欣羡,亦使我泫然欲涕。

我的母亲去世已二十五年了,可是我的思母之情,却是与日俱深。这也许由于我是独女,承受了母亲全部的爱,更由于母亲一生都在忧伤苦难中度过。我们母女之间，除了骨肉至爱之外，更有一种患难中相依倍切的知己之感。因此，二十多年来，我遭到忧患时，希望母亲给予我精神上的支持，遇到欢乐时，痛悼母亲已不在人间，不能与我共享欢乐。二十五年来，母亲的一颦一笑，都深印我脑际。当我失去耐心，打了我唯一的七岁儿子时，立刻就会想起母亲责骂我以后的眼泪。有了孩子，我更懂得母亲对我天高地厚的爱；有了孩子，我也更需要母亲的爱。

为了想母亲，我时常去有母亲的朋友家以求分享那一份幸福。我也时常烧几样母亲当年价廉物美的拿手菜以飨好友，她们吃了赞不绝口，我心中的安慰是难以言喻的。

幼年时，母亲带着我住在乡间，乡间有的是新鲜的鱼虾鸡鸭。母亲怕我吃不下饭，每天给我换各种各样的菜。热腾腾一大碗放在我面前，让我一个人享受。而我呢，偏偏想看母亲摇摇摆摆从厨房里端出的一小碗剩菜。那往往是上一餐的剩汤剩卤，或是葱蒜炒豆腐渣、酱萝卜皮、腌菜根、鲞鱼头蒸豆腐。这都是废物。她舍不得丢，就做来自己下饭，我却觉得比我面前的虾仁蒸蛋、红焖黄鱼等更香，我要抢。母亲常生气地说："你这孩子，真是有福不会享，有被子偏盖蚊帐，妈吃的都是剩菜呀。"

可是妈妈的剩菜总是最鲜甜的，那里面好像下了一点什么特别的佐料，是什么呢？我说不出来。

现在我明白了，因为我的孩子也爱抢吃我面前的剩菜。尽管我给他特别做了最新鲜的菜。

记得母亲的小碟里，最好吃的是腌菜根。加点麻油糖醋，那么香，那么酥软，到嘴便化。现在想起来，还似乎齿颊留香、凉沁心脾。我曾试做多次，总不及母亲做得好，深悔当年没有请教她这点秘诀。但无论如何失败，只要是摆在我自己面前的，孩子的筷子第一下就伸过来。仿佛妈妈留了最好吃的菜给自己，哪怕啃不动的菜根都是好的。

别说孩子，连他爸爸都不例外，他总赞我的咸菜做得清香可口，跟他母亲的"三江榨菜"可以比美。于是他也如数家珍似的跟我说起他母亲的拿手名菜，夹沙肉、糯米维、八蜜豆腐、角一香肉，他一样样地说，我一样样地试着做。无论做得像不像，他总连连点头，以浓重的四川乡音赞许我："亨耗（很好），亨抢（很像）。硬是要得。"我明明知道，这不是我学得到家，而是由于他内心的无限思亲之情。

为了他，为了孩子，更为了彼此都思念母亲，我常常学做母亲的菜，我也像母亲那样，把剩汤剩卤或是腌菜根等搁在自己面前，把好菜留给孩子吃。我深深品味得菜根的滋味清香隽永，也深深领悟了母亲于默默中度过艰难淡泊的一生，她的美德又岂止勤俭而已。

有时为了哄孩子多吃点儿,我却故意把一碟新鲜菜搁在自己面前,说:"这是妈妈的专利。"孩子立刻就会喊起来:"我也要吃,我要吃妈妈的菜。"

对了,妈妈的菜最好吃,因为这里面一定有点什么说不出来的特别佐料。

失犬记

我一直就没养过狗，本来就无犬可失。这里所说的一只狗，是属于和我一个大门进出的邻居太太的。可是我对它却爱如己"犬"，因此它的失踪使我非常难过。直至半年后的今天，我对它仍然未能忘怀。尤其是看到人家牵着各种各样的"名犬"在我门前扬长而过时，我就更想念那只短短胖胖不上谱的小狗。

我说它小狗，其实它只是模样长得小巧，岁数可真不小了。它的主人告诉我它已经快八岁了。八岁，对一只狗来说，就如同人过了八十高龄，应该是老态龙钟、举步艰难了。可是它不但没有老态，而且健步如飞。高兴起来，在院子里蹦蹦跳跳，真的像小狗，它是一只母狗，而且还是云英未嫁之身。平时大门都不许它出去，所以连一个男朋友都没有交过，寂寞孤单的岁月使它变得胆怯，而想跟人类做伴，又怕人类欺侮它。

  我搬过来那天，它主人怕它咬人，把它关在笼子里一整天，它连叫都没叫一声。晚上才放它出来吃饭，它衔一块肉骨头赶紧回窝里去啃，一对羞怯怯的眼睛只是望着我。我极力对它表示友善，给它面包牛奶吃，它对我渐渐有了信心，就不时悄悄地走到我身边坐下来，偏着头看我。它的脸长得很秀气，眼睛脉脉含情。两只耳朵是下垂的，圆圆的肚子短短的腿，浅黄色的毛不十分光泽，却也不脏。它坐在地上陪我洗衣服、做菜，我走来走去，它也跟来跟去。丈夫说我对小动物有一种磁性，陌生的狗见了我都不大会跑，一熟了更亲热，我想主要的还是因为我喜欢它们，我几乎可以从它们的"表情"猜出它们的"心情"。对于它，我却是加倍地爱护。因为它的女主人并不爱狗，养它只为了看门。男主人比较关心它，却又大部分时间出差在外，对它也照顾不了太多。孩子们喂它饭，也是饱一餐饥一餐的，它被冷落惯了，遇到了我这个"知己"，就有点受宠若惊起来。见到我从外面回来，就高兴得站起来，两条前腿搭到我身上，摇着尾巴要我抚爱它（它也摇尾巴欢迎它自己的主人，但主人的反应不及我的热烈，它就不敢放肆了）。我深深同情它的寂寞，爱怜它的楚楚依人。除了工作读书以外，我每天总抽点时间陪它玩玩，带它散一回步。出了大门，接触到广大的天地，它简直眼花缭乱，狂奔狂跳一阵，有几次挣脱了绳子，可是我一声呼唤，它就乖乖地回来了。有时，它实在跑得太快太远，我追不上了，就站在门口等它，它一会儿就回来了。它主人说它胆子很小，从不会跑远的，跑了，半小时以内一定会回来。我因此更喜欢它的聪明、温顺。

它从不狗仗人势，也不狗眼看人低，朋友们来，它一律表示欢迎。站得远远的直摇尾巴，一对水汪汪的眼睛不带丝毫敌意。你走近它，它就羞怯怯地往后退，没有一般看门狗猖獗然的凶相。本来我们两家来往的绝没有恶客，更不必恶犬挡驾，它的职责自是非常轻松的。

有一阵子，它好像有点心绪不安，人一走近它就叫。有人说它是到了第二更年期，心理不正常。我想：它已经这么大年纪，再为它择偶而嫁未免太晚，只有不去打扰它，等一个时期自会好的。隔壁邻居是一位神经病科名医，它有一天自说自话地跑进他的家，登堂入室做起客人来。感谢这位仁慈的大夫，对它很照顾，在他的抚慰之下，它渐渐正常了，四五天后，它衔了块大肉骨头，被他家人送回了。此后，它就时常来来去去于两家之间。所以我一时不见到它，也不操心，想它大概做客去了。可是有一个晚上，我们全家去看电影，它一路送我到车站，叫它回去也不听，为了赶时间，我不及送它回来，总以为它过一会儿回家叫门，它的主人会给它开的。谁知我回家时，它女主人告诉我没有回来，第二天，我就去邻居大夫家，大夫回说没看到它，它到哪里去呢？那时正是严寒的冬夜，这么晚，怎保证它不被人捉去当香肉吃了呢？一天又一天，我等它回来，每晚上，我出去唤它，它却杳无踪影，我下厨房时，再不见它高兴地跳跃在我身边，坐在我脚跟前陪我做事。它是如此的安分守己，不喜欢抛头露面的腼腆"小狗"，它也不是什么名犬，却有一份沉静安详的美德。一个家庭里，有它不觉得吵闹，失去它却感到冷清清的。可是两家人家中，只有我一个人在对它念念不忘，我希望有一天奇迹出现，它突然地回来了。可是不会的，直到现在为止，它虽存亡未卜，但必然是凶多吉少。

我一直对它抱一份歉疚之心，如果那晚上我牺牲一场电影，陪它回家，它也许就不会失踪。也许它心里在怪我没有带它回家，因此乱跑而遭毒手。我既爱它，却没尽到保护它的责任。它怎么知道这世界上人类有仁慈也有残忍，有朋友也有仇敌呢？

丈夫劝我不要为一只失踪的狗而牵肠挂肚，他的原则是绝对不支付感情在动物身上。他说："你若如此浪费感情，你的苦恼将无已时。"这话也有道理。我幼年时眼看一只心爱的小猫被倒下的柴堆压死了,为它哭了好几天,那种惨痛的记忆至今都不能泯灭。来台湾以后,前前后后养过五只猫,竟没有一只是得善终的,它们一只只的神态清晰地在我眼前。现在我不敢再养猫,只有搜集猫的照片或画片作聊胜于无的慰藉。如今,这只原不属于我的狗又丢了。丈夫说我对动物有磁性,我倒想我对动物却是克星。它如果不是长得这么肥,也许可免杀身之祸。这就是庄子所说的,不成材的大树得免砍伐之灾。我想它早已粉身碎骨了。

　　"我虽不杀伯仁,伯仁为我而死",要忘掉它是多么不容易啊!

后记 —— 留予他年说梦痕

十岁时，家庭教师教我背千家诗，背得我直打哈欠。他屡次问我长大了要当个什么，我总心不在焉地回答说："当诗人。"他又生气地说："岂止是诗人，还要会写古文，写字，像碑帖那样好的字，这叫作文学家。"

"文学家"这个名字使我畏惧，那要吃多少苦？太难了，我宁可做厨子，做裁缝师傅。烧菜和缝衣比背古文、背诗有趣多了。

父亲从北平回来，拿起我的作文簿，边看边摇头，显然不满意我的"文章"。我在一旁垂手而立，呼吸迫促而低微，手心冒着汗。老师坐在对面，定着眼神咧着嘴，脸上的笑纹都像是用毛笔勾出来似的，一动也不会动。大拇指使劲儿拨着十八罗汉的小圈念佛珠，啪嗒啪嗒地响。我心里忽浮起一阵获得报复的快感，暗地里想："你平日管教我那么凶。今天你在爸爸面前，怎么一双眼睛瞪得像死鱼。"父亲沉着声音问他："她写给我的信，都是你替她改过的吗？"他点点头说："略微改几个字，她写信比作文好，写给她哥哥的信更好。"提起哥哥，父亲把眉头一皱，我顿时想起那篇为哥哥写的祭文，满纸的"呜呼吾兄""悲乎""痛哉"；老师在后面批了"峡猿蜀宇，凄断人肠"八个字。我自己也认为写得不错，因为我每次用读祭文的音调读起来时，鼻子就酸酸的想哭。老师不让我把祭文给爸爸看，怕引起他伤感，如今他又偏偏提哥哥。父亲严肃地对我说："你要用功读书，爸爸只你一个孩子了。"他的眼里滚动着泪水，我也忍不住抽咽起来，他又摸摸我的头对老师说："你还是先教他做记事抒情的文章吧，议论文慢点作。"

　　父亲的话是有道理的，此后凡是我喜欢的题目，作起来就特别流畅。"文学家"三个字又时常在我心中跳动。像曹大家、庄姜、李清照那样的女文学家，多体面，多令人仰慕。可是无论如何，背书与学字总是苦事儿，我宁愿偷看小说。

　　我家书橱里的旧小说虽多，但橱门是锁着的，隔着一层玻璃，可望而不可即。跟我一同读书的小叔叔，诡计多端地弄来一把钥匙，打开橱门，我就取之不尽地偷看起来。读了

《玉梨魂》与《断鸿零雁记》，还躺在被窝里，边想边流泪。在上海念大学的堂叔又寄来几本《瓯江青年》与旧的《东方杂志》。对我说这里面的文章才是新式白话文，才有新思想，叫我别死啃古文，别用文言作文，文言文写不出心里想说的话。我有点半信半疑，读《瓯江青年》倒是越读越有味，《东方杂志》却是好多看不懂。堂叔的信和杂志，不小心被老师发现了，他大为震怒地说："你，走路都还不会就想飞！"信被撕得粉碎，丢进了字纸篓。我在心里发誓："我就偏偏要写白话文，我要求爸爸送我去女学堂，我不要跟你念古文。"

　　老师没有十分接受父亲的劝告，他仍时常要我写议论文："楚项羽论""衣食住三者并重说""说钓"，我咬着笔管，搜索枯肠，总是以"人生在世""岂不悲哉"交了卷。我暗地里却写了好几篇白话文，寄给堂叔看。他给我圈，给我改，赞我文情并茂。有一次，我写了一篇《白绣球》。内容是哭哥哥的。这株绣球树是哥哥与我未分离前，一同看阿荣伯种的。绣球长大了每年开花，哥哥却远在北平不能回来。今年绣球开得特别茂盛，哥哥却去世了，白绣球花仿佛是有意给哥哥穿素的。我写了许多回忆，许多想哥哥的话，越写越悲伤，泪水都一滴滴地落在纸张上，母亲看我边写边哭，还当我累了，叫我休息一下。我藏起文章不给她看到，只寄给堂叔看。他来信说我写得太感动人，他都流泪了。叫我把这篇文章给父亲看，我却仍不敢。一则怕父亲伤心，二则怕他看了白话文会生气。这篇"杰作"，就一直被保存在书箧里，带到杭州。

十二岁到了杭州，老师要出家修道，向父亲提出辞馆。我心里茫茫然的，有点恋恋不舍他的走，又有点庆幸自己以后可以"放生"了。我家住所的斜对面正是一所有名的"女学堂"。我在阳台上眼望着短衣黑裙的"学堂生"，在翠绿的草坪上拍手戏逐，好不羡慕。正巧父亲一位好友孙老伯自北平来我家，他是燕京大学的某系主任，我想他是洋学堂教授，一定喜欢白话文，就把那篇《白绣球》的杰作拿给他看。并要求他劝父亲许我去上女学堂。他看了连连点头，把我的心愿告诉了父亲。父亲摇摇头说："不行，我要她跟马一浮老先生做弟子。"孙老伯说："马一浮是研究佛学的，你要女儿当尼姑吗？"我在边上忽然"哇"的一声哭起来，父亲沉着脸，无动于衷的样子。我眼泪汪汪地望着孙老伯，仿佛前途的命运就系在他的一句话上了。

第二天，父亲在饭桌上忽然对老师说："你未出家以前，给小春补习一下算术与党义，让她试试看考中学。"我一听，兴奋得饭都咽不下。"爸爸，您真好。"我心里喊着。

两个月的填鸭，我居然考取了斜对面那个女学堂，从此我也是短衣黑裙的女学生。老师走后，我再不用关在家里啃古书了。

在学校里，为了表现自己的学问，白话文里故意夹些文言字眼，都被老师画去了，我气不过，就正式写了篇洋洋洒洒的"古文"，老师反又大加圈点，批上"凤毛麟角，弥足珍贵"八个大字，我得意得飘飘然，被视为班上的"国文大将"。壁报上时常出现我的"大作"，我想当"文学家"的欲望又油然而生。可是寄到《浙江青年》的稿子总被退回来，我又灰心了。

进了高中以后，老师鼓励我把一篇小狗的故事再寄去投稿，"包你会登"，他跷起大拇指说。果然，那篇文章登出来了，还寄了两元四角的稿费。闪亮的银元呀，我居然拿稿费了，我用四角钱买了一支红心"自来铅笔"送老师，两块银元放在口袋里叮叮当当地响，神气得要命。

我又写了一篇回忆童年时家乡涨大水的情景，寄去投稿，又被登出来了，稿费是三块，涨价啦。那篇文章我至今仍记得一些，我写的是："河里涨大水，稻田都被淹没了，漆黑的夜里，妈妈带着我坐乌篷船在水上漂，不知要漂到哪里。船底滑过稻子尖，发出沙沙的声音，妈妈嘴里直念着阿弥陀佛，我却疲倦得想睡觉。蒙眬中，忽然想起哥哥寄给我的大英牌香烟画片不知是不是还在身边，赶紧伸手在袋里一摸,都在呢,拿出来闭着眼睛数一遍,一张不少,又放回贴身小口袋里,才安心睡着了。"老师说我句句能从印象上着笔,且描绘出儿时心态,所以好。由于他的鼓励与指点,我阅读与学习写作的兴趣更浓厚了。可是在中学六年,我的"国学"完全丢开了,这是使父亲非常失望的一点。高中毕业,他又旧事重提:要我拜马一浮先生为弟子。我,又急得哭了。

我的志愿是考北平燕京大学外文系,洋就索性洋到底。可是父亲的答复是"绝对不许"。他一则不放心我远离,二则不许我丢开"国粹"学"蟹行文字"。我偷偷写信给燕京的孙老伯,第二次为我做说客,好容易说动了父亲,折中办法是念杭州之江,必定要念中国文学系。因为国文系有一位夏承焘先生,是父亲赏识的国学大师,他是浙东大词人之一,父亲这才放心了。

之江也是教会学校,一样的洋里洋气,寥寥可数的几个国文系学生,男生一定穿长褂子,女生一定是直头发。在秀丽的秦望山麓,雄伟的钱塘江畔,独来独往,被视为非怪物即老古董。夏老师呢,一个平顶头,一袭长衫,一口浓重的永嘉乡音,带着一群得意门生,在六和塔下的小竹屋里吃完了"片儿汤",又一路步行到九溪十八涧。沏一壶龙井清茶,两碟子花生米与豆腐干,他就吟起词来:"短策暂辞奔竞场,同来此地乞清凉。若能杯水如名淡,应信村茶比酒香。无一语,答秋光,愁边征雁忽成行。中年只有看山感,西北阑干半夕阳。"

他飘逸的风范和淡泊崇高的性格,可从这首词里看得出来。他对学生不仅以言教,以身教,更以日常生活教。随他散一次步,游一次名胜,访一次朋友,都可于默默中获得作文与做人方面无穷的启迪。他看去很随和,有时却很固执。一首词要你改上十几遍,一字不妥,定要你自己去寻求。他说做学问写文章都一样,"先难而后获"。别人改的不是你自己的灵感,你必须寻找那唯一贴切的字眼。

他说灵感像猫,"觅时偏不得,不寻还自来",是强求不得的。有一天傍晚,我随他在林中散步,他吟了两句诗:"松林细语风吹去,明日寻来尽是诗。"他说:"松林中细语,被风吹去,似了无痕迹,但心中那一刹那间美的感受,却慢慢酝酿成为诗,成为文,绝不是勉强得来的。"这是他作诗为文的态度,也是他行云流水似的风格。他说话不多,但每句话,都像名山古刹中的木鱼清磬,一声声飘落在你心田里,隽永而耐人寻思。

大学四年,我鲁钝的资质并未学得什么,而夏老师春风化雨的熏陶,却使我领会了人生的乐趣,不在争名逐利,而在读书写作,以及工作过程中的那一份欢愉的感受。

"留予他年说梦痕,一花一木耐温存。"这是他的词,他说人生固然短暂,而生活却是壮美的。生涯中的一花一木、一喜一悲都当以温存的心,细细体味。哪怕当时是痛苦与烦恼,而过后思量,将可以化痛苦为信念,转烦恼为菩提。使你有更多的智慧与勇气,面对现实。

别老师后,他的词与他的诲谕时时在心。抗战期间,我尝尽了生离死别之苦,避乱穷乡,又经历了许多惊险,在工作中,我也领略到人间炎凉与温暖的滋味。我渐渐地长成了,我懂得,人要挣扎着生活下去是多么不容易,却是多么值得赞美。我也懂得如何以温存的心,体味生涯中的一花一木所给予我的一喜一悲。

记得逃避山中时,正值隆冬季节,整个山城被封闭在两尺厚的皑皑积雪中,我处身其间,像冻结在水晶球中的玩偶,有一种凝固的安全感。静谧、寂寞而安详。在那一段日子,我终日沉醉在壮美的感受里,我读了些书,也点点滴滴地写了一些追忆旧事的篇章。

胜利后回到杭州,我去萝苑拜会夏老师,我们穿过松林幽径,走向孤山放鹤亭,那时正是骤雨初霁的仲夏傍晚,湖水湖风,凉送襟袖,我们在亭中坐下来,看湖面上亭亭的风荷,跳跃着晶莹的水珠,在心旷神怡中,他看着我请他批改的几篇短文,点点头微笑着,拿出钢笔在封面上题了"留予他年说梦痕"的那句话。

　　卖水红菱的小姑娘来了,我们买了一掬,慢慢儿剥着,在暮霭苍茫中回到萝苑。

　　湖堤散步的情景,一晃眼已经是十多年前的事了。来台湾时,仓促中不及带出那些未经整理的凌乱稿件。那些事,在我心中也一直是非常凌乱。生活安定下来以后,我才又重新一件件地追忆,重新琐琐碎碎,片片段段地写。写下许多童年的故事,写下我对亲人师友的怀念,也写下我在台湾的生活感想。这些,也许会被认为是个人廉价的感伤,鸡毛蒜皮不值一提的身边琐事,或老生常谈却自以为了不起的人生哲学。对这些批评,我都坦然置之,我是因为心里有一份情绪在激荡,不得不写时才写。每回我写到我的父母家人与师友,我都禁不住热泪盈眶。我忘不了他们对我的关爱,我也珍惜自己对他们的这一份情。像树木花草似的,谁能没有一个根呢?我常常想,我若能忘掉亲人师友,忘掉童年,忘掉故乡,我若能不再哭,不再笑,我宁愿搁下笔,此生永不再写,然而,这怎么可能呢?

　　人到了中年,应该更坚强,更经受得起了,但我有时却非常脆弱。我会因看见一条负荷过重的老牛,蹒跚地迈过我身边而为它黯然良久。我会呆呆地守着一只为觅食而失群的蚂蚁而代它彷徨焦急。我更会因听到寺庙的木鱼钟磬之声、殡仪馆的哀乐,甚至逢年过节看见热闹的舞龙灯、跑旱船、划龙船而泫然欲泣。面对着姹紫嫣红的春日或月凉似水的秋夜,我想念的是故乡矮墙外碧绿的稻田与庭院中雅淡的木樨花香。我相信,心灵如此敏感的,该不止我一个人吧!

　　我是沉醉在个人的哀乐中吗?我是在逃避现实吗?不,不是的。虽然日历纸一天天飞过去不会再回头,但我总得望着前面,前面还有一大段路得走。我总希望以壮健的身心回到故乡,在先人的庐墓边安居下来,享受壮阔的山水田园之美,呼吸芬芳静谧的空气。我要与梦寐中曾几度相见的人们,真正的紧握着手,畅叙别后离情。我渴望着那一天,难道那一天会遥远吗?不会吧。

　　"留予他年说梦痕,一花一木耐温存。"那微带悲怆的声调不时在我心头萦绕。为了他年的印证,我以这支秃笔,留下了斑斓的梦痕,也付印了这本小书。

　　书名"烟愁",这是集中的一篇。我对这两个字有一份偏爱。淡淡的哀愁,像轻烟似的,萦绕着,也散开了。那不象征虚无缥缈,更不象征幻灭,却给我一种踏踏实实的、永恒之美的感受。

附录 —— 留得芳菲住

　　国一升国二那年暑假,有天我在返校的路上,与迎面而来的摩托车撞上了。醒过来时,我的头部包扎着纱布,膝盖用石膏固定着,去哪儿都不方便,村里的朋友们,大大小小,来探望的不少,但几日热闹后,终究归于沉寂。那年夏天的雨水好像特别多,滴滴答答的,白天大人都出门了,我只能坐在门槛后看着雨水挂在窗棂上,孩子的清鼻涕一般,偶尔有几只麻雀在院埕起起落落,也能引起我的一阵欢喜。

　　有一天,我在家中闲晃,找不到什么新鲜事,终于决定爬上荒废已久的小阁楼,那里原本是堂姐的睡铺,堂姐"出阁"后,便成了仓库,过季的衣物棉被书籍长物全都堆在里边积灰尘。我花了一些力气才拆开绑住一捆书籍的红塑胶绳,绳子一解开，那些原本前胸贴后背的书籍一哄而散，颠颠倒倒在地板上，《红楼梦》《西游记》《唐诗三百首》《朱志清全集》《徐志摩全集》，等等，我一本书一本书翻看，最后从其中抽出了一本最薄的《烟愁》，光启出版社印行，封面是简净的素描，渲染着一股氤氲的愁绪，封底已经不知去向了。翻开这本穿了"露背装"的书，蝴蝶页上盖了一个蓝色大章，"云鹤藏书"，显然是七叔购藏的，七叔在婚后离开大家庭自立门户，他的藏书也就散佚了。

会从一堆知名的著作中选择琦君女士的书，并非偶然，而是早在国一时我便在课堂上读过她的《下雨天真好》，并且深深着迷于其中的情调。如今回想，第一次接触琦君女士的作品，却更应该回溯到国小时看的儿童书，薄薄的两册《老鞋匠与狗》和《卖牛记》，但是当时并未注意到作者是谁。真正引我进入作家心灵，踵步追随，在未来十多年间不间断阅读其作品的，还是《烟愁》。

那个暑假，我也不在乎车祸受伤不能出门了，反正我完完全全沉浸于《烟愁》的世界，逐字逐句地读过，甚至因为舍不得太早看完这本书，而特意放慢了阅读的速度，以求能够有更长的时间沉浸其中，记得有一次，我就着天光，正埋首书中，突然听到堂嫂的惊诧声："看什么书啊？怎么像个小女生一样掉眼泪。"我才知觉到自己的双颊有凉凉的泪水，挺不好意思的。当时我正看着的，是《毛衣》中作者和母亲在船上话别的那一幕。待作家描写现实的家居生活时，欢乐的气氛逐渐浮现，我也就跟着欢笑起来，学着《课子记》中李先生的四川腔调去逗兄弟玩。我随着书中的情调哭、随着书中的情调笑，这一种情景是令人难忘的。

看过了《烟愁》，我迫不及待到小镇上一爿小书局"新学友书局"，问："老板，有没有一个叫作琦君的作家的书？"老板是学校教公民道德的老师，他推了一下眼镜，指了指墙上成排的尔雅丛书："自己去找！"我从其中抽出了一本《三更有梦书当枕》，从此一册接着一册，大量阅读起她的作品来。我只是个喜欢读书的人，不像有些藏书家讲究版本和齐备，但是我读琦君女士的书却是狂热而任性的，身边不仅拥有她目前在市面上找得到的创作版本，半年前我在台北市立图书馆发现已经绝版多时的《百合羹》和《缮校室八小时》，还仔细地影印了一份，虽然字迹已然漫漶，不易阅读，但留在手边却是一份纪念。

从那个多雨的夏季到今日暖暖的冬天，从光启出版社的《烟愁》到尔雅新版的《烟愁》，阅读琦君女士作品的这十余年，正是我人格思维成型的关键年代，她启示了我对亲情友情的施与受及对其他事物的关爱。这次尔雅鉴于《烟愁》旧版本字体小、字迹模糊，决定重出新版本，隐地先生以长辈对晚辈的爱护，嘱我为此书校稿，使我再度仔细阅读这些文章，我不无惊讶地发现她的文章对我的影响，不只是文学思维，甚至是人生的态度了，比如《圣诞夜》中韦先生对小碧黛丽丝和她的同学说："在大风浪里漂着孤舟，我们的祷告不是祈求浪潮的平息，乃是要有更多的勇气与毅力，去克服这大风险。"又如《与友人书》中的"人与人的心灵，是永远无法完完全全相沟通的"都曾经几乎原封不动地出现在我的习作中，写作当时，我确信自己并未将《烟愁》放在案头，但仍有如此神似的看法，不能不说作家对我的影响。常有人说"艺术模仿人生"，但文学作为一种艺术，就这一事件而言，却更像是"人生模仿艺术"了，是我的成长、我的人生态度追随了作家的思维，一方面是作家借着个人经验写出了人类某些共同的情感、普遍的人性，使我获得共鸣而不忍释卷，同时我又向着她所建构的世界投奔而去，这其间必然有某种超越时空的契合与力量；让我去发现她、喜爱她、亲近她，如候鸟之南飞，如鲑鱼之洄游，如植物之向阳。

  琦君女士在此书的三版小记中，曾慨言芳菲留不住，其实现实中的韶光流逝岁月不居，但在作家笔下，却已把握了那最鲜美动人的部分，《烟愁》中所有文章孕育问世时，我尚未出生，以后这些文章势必继续流传下去，人生有时尽，文章却是千古事业。我竟有一丝丝的羡慕阿荣伯伯、羡慕三划阿王、羡慕韦先生等等人物，他们在琦君女士的笔下又重活了起来，有着永恒的生命。

王盛弘